花房観音

萌《も》えいづる

実業之日本社

実業之日本社文庫

萌えいづる　目次

萌えいづる

序

この世に生まれた時から、全ての人間はいつか別れ死ぬという悲劇を背負っている。

そう考えることで、私は救われる。

思うようになんて、いかないことだらけだから。所詮、人生は悲劇だと諦観したほうが、つらい出来事や悲しいことを受け入れることができる。

だから私は時折、「平家物語」を開く。この世が、人の栄華がどんなに儚《はかな》いものかということを冒頭から繰り返し呪文のように唱えている物語を。

あらゆるものは終わりを告げ、終わりは別れであり、別れは悲劇だと教えてくれる物語を読むことで、私は救われる。

円山《まるやま》公園から高台寺《こうだいじ》に抜ける途中に、東にまっすぐ伸びる道があり、右手に幕末に凶刃《きょうじん》に倒れた坂本龍馬《さかもとりょうま》や中岡慎太郎《なかおかしんたろう》の銅像を眺めながら、その先の石段をのぼると小さな寺に辿《たど》り着く。

私は幼い息子の手を引いて、その寺の門をくぐった。この子は長男に比べ、おとなしくて、手がかからない。

結婚して、古くから呉服商を営んでいる婚家に慣れる間もなく長男をもうけた時は、毎日のようにひとりで泣いていた。初めての子育てに戸惑い疲れても頼り甘えられる人はいなかった。

お腹が大きくてつわりがひどくても着物でいることを舅《しゅうと》と姑《しゅうとめ》に強制され、朝から晩までお店に立たなければいけないのが辛かった。

夫は気遣ってはくれなかった。それどころか姑と一緒になって非をなじることすらある。自ら求めたのではなく、用意された「妻」である私に不満も多かったのだろう。もともと親同士の主導で進んだ見合い話だ。だからこそ話は早くて、お互いのことを何も知らぬまま結婚した。

あの頃、昭和五十年代当時には、見合い結婚も減ってはきているが珍しいことではなかったから、何の疑問も持たずに嫁いだが、よく知らぬ相手とその家に飛び込んだことはすぐに後悔した。

両親に泣きついたこともあるが「世間体が悪い」「嫁なのだから相手の家に従って当然」と冷たくはねのけられた。戦前生まれで頭の固い両親は娘のことより世間や婚家への気遣いのほうが大切なのかと思うと、腹立たしさを超えてひたすら悲しかった。どこにも逃げ場はなかった。

商売をしている家の「嫁」には、自由な時間はほとんどない。昼間も夜も、舅と姑と夫に囲まれ「奥様」でいなければいけない。

それでも自分は頑張ったつもりだ。息苦しい日々だったが、努力をして婚家と夫の望む「奥様」像に近づこうとした。逃げ場がないから、今いる場所で生きるしかないのだから、と。

子供が生まれたことが、救いだった。やっとこの家に、私の味方が現れたのだ。初めての子育てであたふたと戸惑っているうちに、すぐに次男が生まれた。男の子をふたり産んだことで、舅も姑もはじめて自分を受け入れてくれたような気がしたが、まだまだ自分は、この家ではよそから来た女のままだった。

日本という国の景気がどんどん上がりかけてきた時代で、商売も忙しくなっていた。自由のない日々の中で、時折、私はお使いやら挨拶やらという名目をつくり、その寺に行った。

私の好きな「平家物語」ゆかりの寺に。

人があまり来ないから、知り合いに会わなくてすむし、時間が許す限り、縁側に座り庭を眺めていられる。

文机《ふづくえ》にノートがあることに気付いたのは、いつ頃だろうか。参拝客が、それぞれ想いをつづっているノートだった。開くと、そこを訪れた女たちが、京都観光の思い出を記した合間に、悲しみを吐露する告白が、いくつかあった。

私も、誰にも言えない、けれど今にも喉の奥からせりあがってきそうな想いを、時折そのノートに残さずにいられなかった。ひとことふたことに過ぎないけれど、そこに書くだけで、救われた気になった。誰かがそれを読んで、「私も」と、共感してくれるのではないかと思うと、安心できたのだ。

来る度に、何かを書き残していた。その時々に、つらかったこと、悲しかったこと、などを。私の知らない誰かに、読んでもらうために。

そのノートの中に書き込まれた「私」だけは、自由でいられた。

ノートは来る度に新しくおろされている。訪れる女たちの告白がこの寺に雪のように降り積もっていく。女たちはいつも口に出せない悲しみを秘めている、それは昔も、今も、そしてこれからの時代も、きっと変わらない。

この、昭和という時代が終わり、私の子供たちが大人になり迎える新しい時代が訪れて、女がもっと自由を手に入れても、悲しいことは、きっとある。

私だって、これから先、生きていたら、もっと救いのない出来事と遭遇するだろう。子供ができて、わかったことがある。今まで私はいろんな悲しいことやつらいことを味わったつもりだったけれど、どれも乗り越えることができる程度のことだったのだ。

この世で一番悲しいことは、愛する存在を失うことで、私は幸いにも、まだそれを経験していない。

子供ができた時に、はじめて、愛情と共に「失うことの怖さ」を想った。私の胸の中に眠るこの子が、ある日突然いなくなったらどうしようと考えるだけで涙がとまらない。

子供たちが、私の手を離れることも、この世から私より先にいなくなることも——想像するだけで、手足が震えてしまう。

そしてふと自分がいつも来るこの寺で髪をおろして仏の道に入った女こそが、「一番悲しいこと」を経験した女だということにも、気づいた。

生きていくことそのものが悲劇なのだから——と自分に言い聞かせるために、女たちの悲しみが綴られた「平家物語」ゆかりの寺に、私は足を運ぶ。

第一話　そこびえ——祇園女御塚《ぎおんにょうごづか》

祇園女御塚

白河《しらかわ》上皇が寵姫《ちょうき》・祇園女御を住まわせていたと伝えられている。上皇がここに訪れる途中、前方に鬼のようなものが見え、皆が騒ぎ出した。上皇は、お供をしていた平忠盛《たいらのただもり》に討ち取るように命じるが、忠盛は鬼ではなく灯籠に火を入れにきた祇園社の社僧だと見抜いた。その冷静沈着さを白河上皇に賞賛されて、白河の子を身籠っていた祇園女御を下賜され、生まれた子供が平清盛《たいらのきよもり》だという説がある。

冬の桜の樹ほど痛々しいものはない。

灰色の木肌は剝《む》き出しの干からびた皮膚のようで、幾つにも分かれた細い枝は痩せこけた指のようだ。

早く花芽《はなめ》が顔を出してくれたらいいのに。そうしないと、このままこの樹たちは枯れ朽ちてしまうのではないか。どうして花が開く前に、こんなにもみすぼらしい姿を晒《さら》さないといけないのか。

桜は七分咲きぐらいの時期が、一番いい。満開の時期は、終わりを見せつけられるようで、それもまた寂しい。

桜の樹が一面に植えられているこの公園は、京都で一番、寂しい場所だ。華やかな季節を知っているからこそ、冬の景色の侘《わび》しさに胸をつかれる。

真葛《まくず》は桜の木肌にも似た色のダウンコートのポケットに手を入れながら、ぶるぶるっと冬の寒さに震えた。小柄な真葛がダウンコートとブーツで歩いていると、うしろから眺めたら子供のように見えるよと夫に言われる。

「小さくて、可愛《かわい》い」

学生時代から、男に褒《ほ》められる時は、よくそんな表現をされた。

小さいからといって、子供ではないのだ。けれど、小柄というだけで、中身まで子供のように思われる。少女の頃は、それが嫌で、コンプレックスだった。

けれども小柄なことは女として損ではないことに思春期に気付き、真葛は女の武器を手に入れた。視点を変えれば、欠点は長所になる。

ある種の男たちは小柄で童顔だというだけで、何か人より秀でたものがあるわけでもない真葛を「守ってあげたい」「可愛い」と、庇護《ひご》して愛そうとしてくれる。自分より美しい顔立ちの女たちよりも、遥かに慈《いつく》しんでくれる。

容姿がもたらす印象なんて、錯覚に過ぎないのに、男たちはたやすく惑わされる。

同じ荷物を持っていても、「重いだろ」と、真葛だけ男たちが手助けしてくれる。

年齢相応の洋服が似合わないとか、極端に子供扱いされるのが嫌なこともあったけれども、得することの方が多い。

たいして美しくもなく、頭が良いわけでもなく、何か才能があるわけでもない。将来に何か希望を持っているわけでもない――そんな女が生きていくために一番堅実な方法は、男に可愛がられ守られることだ。

だから、そうやって生きていくことに、決めた。

もちろん、そんなことは絶対に口に出さない。男たちにも女たちにも「計算高い」

「ズルい」「男に依存するしかないなんて可哀想《かわいそう》」なんて、言われるだろうから。ただでさえ男たちに、弱々しい小動物のように庇護されがちな真葛を憎む女もいるのに。

真葛は円山《まるやま》公園の中にある、天然記念物の枝垂《しだ》れ桜の前に立つ。

春の夜はここに人が群がって夜な夜な宴《うたげ》を開くというのに、今は誰も見向きもしない。

夫に買ってもらった淡いピンクの時計を見ると、午後三時をまわっていた。普通の主婦ならば夕飯の買い物の準備をはじめるぐらいの時間なのだろうか。

真葛の夫・長井弓彦《ながいゆみひこ》の帰りは毎晩十時を過ぎる。

結婚して最初の頃は一緒に夕ご飯を食べようとしていたが、遅い食事は胃がもたれてしまうのでやめた。

夫も会社の社員食堂で食べて帰ることが多くなった。福利厚生が充実している夫の会社は夜でも社員食堂が開いていて、栄養バランスを考えた食事が提供されている。だから無理に自分が食事をつくる必要などない。

――食は大事だ、旨《うま》くて身体に良いものを食べないと、仕事の能率が上がらない

――そう言っていたのは、夫の会社の社長の雪村哲《ゆきむらてつ》だ。

確かに雪村は、美食家であるだけではなく栄養バランスにも気を付けていた。自宅の食事も栄養士が考えたメニューに従って妻がつくっているらしい。

そのせいか、五十に手が届きそうな年齢なのに、四十代前半ぐらいに見える。三十五歳で、少し老け気味の夫の弓彦と、そう変わらないぐらいの年齢に。

寒くなってきたから真葛は円山公園をあとにした。

マンションは円山公園を抜けて八坂《やさか》神社から南へ歩いて十五分ほどの六波羅《ろくはら》という場所にある。３ＬＤＫで、ダイニングが広いので、夫婦のふたり暮らしには十分過ぎるほどの広さだ。

石の鳥居をくぐり左手に占いのテントを眺めながら円山公園から八坂神社の境内に入る。右手にある石灯籠の前で、足を止める。

神社によくある、何の変哲もない石の灯籠だと思って、いつも通り過ぎていた。

これが由緒ある物だと知ったのは、少し前、テレビで「平家物語」のドラマをやっていた時のことだ。そのドラマは視聴率は悪かったらしいが、若手人気俳優が出演してたこともあり、話題にはなった。

ある時、いつものように真葛がこの辺りを散歩していると、この石の灯籠に人が群がっていた。

近づくと、蛍光色の緑のジャンパーを着た老人が、何か話していた。最近、よく見るシルバーガイドという、老人たちが観光客相手に京都の名所旧跡を案内しているツアーなのだと気づいた。なにげなく近づくと、「ドラマの主人公・平清盛《たいらのきよもり》の父の平忠《ただ》盛《もり》ゆかりの灯籠」という声が耳に入った。
「平家物語」には興味もないし、詳しくもない。ドラマを観ているわけでもなかった。けれど足を止めたのは、今、真葛が住んでいる六波羅という場所が、平清盛ゆかりの土地だということを知っていたからだ。六波羅蜜寺《ろくはらみつじ》という寺には平清盛像がある。もともと歴史に興味はなかったし、そこに部屋を借りたのも、夫が学生時代から住んでいた土地だから勝手がわかるという理由だけだった。

確かに平清盛を主役にしたドラマが放映された年は、観光客なのか人の訪れが増えていた。

この八坂神社にも、平清盛ゆかりの史跡があることは、その老人の話を耳にするまで知らなかった。

蛍光色のジャンパーの老人が引き連れた人の群れが別の場所に移動すると、真葛は灯籠に近づいた。今まで素通りして気付かなかったが、由緒が書かれた案内板が立っている。

灯籠の名前は「忠盛灯籠」。

清盛の父・忠盛が、この近くにある祇園女御の家に通う白河《しらかわ》上皇の御伴をしていて、前方に鬼のようなものが見えたので、院は従っていた平忠盛にあれを討ち取れと仰せられた。忠盛はその正体を見定めての上と、これを生け捕りにしたら、祇園の社僧が油壺《あぶらつぼ》と松明《たいまつ》とを持ち、灯籠に灯明を献げようとしていたところだった。雨を防ぐために被っていた蓑《みの》が灯の先をうけて銀の針のように見えたのだ。忠盛の思慮深さは人々の感嘆するところであった――そう、書かれていた。

これがどうして「平家物語」に関係があるかというと、なんと白河上皇の子を孕《はら》んだ祇園女御は忠盛に与えられ、生まれた子供が清盛だという――。

これを知った時は、少し嫌な気がしたものだ。昔の人の感覚って、おかしい、自分の子供を妊娠した女を、与えるなんて。子供も女も、押し付けられた男も可哀想じゃないか、たとえそれで出世を約束されたとしても。

けれど次の瞬間、気付く。

私だって――似たようなものじゃないかということに。

マンションに帰ると、ソファーに身を沈め大きなため息をつく。

退屈だ。

自分は何の能力もなく、将来においてもやりたいことがない人間で、社会に出るのは向いてない。せめて、母となり子供を育てることならできるのではと、専業主婦になりたいと願っていて――叶《かな》えられた。

けれど仕事を持たず、友人もいない、おまけに夫にも手がかからず、子供のいない生活は有り余った時間をどう過ごそうかと朝起きるとまず考えなければいけない日々だ。

趣味を持つべきなんだろうなとは思うけれど、どれも続かない。本当に自分はつまらない、覇気に乏しい人間だ。

小柄で童顔の容姿にくわえ、その覇気や自己主張のなさが、庇護することで優越感に浸りたい男たちに気に入られて、可愛いがられたのだから、欠点は長所でもあるのだろうけれど。

そういう男たちは、強い意志を持ち将来を自らの手で切り開いていこうとする女を怖がり、非難する。

「女はそんなに強くなくていい、可愛くないよ」と、思い通りになりそうもない女から逃げようとする。

本当は敵《かな》わない女に自分が敗北するのを恐れる男こそ、弱い生き物であるのに。

けれどそういう男たちの優越感と征服欲により私は生かされてきた。男と戦わず従属したふりをすることで飼われてきた。上手く人生をやってこられた。

けれど、ただひとつ想定外だったのが、なかなか子供ができないことだ。

結婚して二年で、真葛三十一歳、夫の弓彦が三十五歳だから、焦ることもないと思い、不妊治療などはまだおこなっていない。そろそろ行くべきか、迷い始めてはいる。

このところは、セックスは月に一度か二度。排卵日にするだけだ。

子供が欲しい、それは少女の頃からの望みだった。ひとりっ子なので、友人たちの妹や弟が羨《うらや》ましかった。可愛がる存在が、欲しかった。

それはあなたが男たちからさんざん可愛がられているからだよ。十分に可愛がられてきたから、逆に可愛がる方になりたいんだよ――皮肉じみたそんな言葉を投げつけられたこともあるが、それも一理あるのだ。

絶対的な自分の味方が欲しかった。恋人も夫も所詮他人だ。自分を裏切らない存在は自分で生み出し育てるしかない。

結婚だって、子供が欲しいから、したようなものだ。

真葛はさきほど帰る途中に、家の近くの「みなとや」という小さな店で購入したべっこう色の飴《あめ》を口にいれる。この飴は「幽霊飴」と呼ばれている。

昔、飴屋に夜な夜なひとりの女が飴を買いに来ていた。不審に思った主人があとをつけていくと、寺の墓場で女の姿が消える。気になり住職を呼びに行ったところ、墓場から赤ん坊の泣き声がした。墓を掘ると、女の遺体の傍《そば》に生きている赤ん坊がいた。死んでから子供を生み落とした女が幽霊になり、子供のために飴を買いに来ていたのだ――飴で赤ん坊が生きながらえ、それだけ滋養があると言われている飴だった。

形が不揃いだが、自然な甘さが気にいっている。

死んでから も幽霊になり子供を育てようとしていた母親の話は、怖いというよりは、いい話だと思う。

実際にはこんな堅くて大きな飴、赤ちゃんは食べられないよね——だからお母さんが、自分に栄養をつけるために食べちゃうよ——私がお母さんになったら、ね——ソファーに身を沈めて天井を眺めながら、まだ見ぬ子供に言いきかせるようにひとりごとを口にしていた。

白い天井に、豪奢《ごうしゃ》な照明器具がつるされている。ここだけ見れば高級レストランのようだ。地味で平凡なサラリーマン家庭には不釣り合いだが、このマンションを買った時に社長の雪村がくれたのだ。

夫には内緒だ。

「誰か女友達から譲り受けたものだと言っておけよ」と、雪村哲は言った。

真葛と弓彦は、職場結婚だった。

器用ではないけれど勤勉で口数の少ない弓彦は雪村に気に入られているらしく、先月、課長に昇進したばかりだ。

二十代で会社を起こして成功し、バブルの崩壊にも耐えて業績を維持しているエネルギッシュで明朗な雪村と、弓彦は正反対のタイプだ。

自信家で傲慢《ごうまん》な雪村は自分と同じ様な人間を嫌う。自分が多くの人を裏切ってきたからこそ、裏切られることを恐れている。弓彦のような淡々と、しかしきっちり仕事をこなし、従順で激昂《げっこう》したり、人前で激しい感情を露わにしない男が好きで、特別に目をかけているのだろう。

あいつなら、いいよ、結婚しても。

そう言われた時に、自分はずっと「飼われていた」のだと改めて思い知らされた。ご主人様を変える許可が下りたのだと。新たな飼い主に自分は譲られるのだと。

それは屈辱でも何でもなかった。真葛自身が選んだ生き方だったから。

独身時代、生活費などは全て雪村の世話になっていて、だからこそ余裕のある暮らしができ、親に仕送りもできたのだ。

雪村と知り合ったのは大学三回生の時だ。

父が癌《がん》に侵され、治療費やら介護やらで家からの仕送りも学費も望めない状況となった。せめて大学は卒業したいが、普通のアルバイトでは足りないので、友人の紹介でキャバクラで働きはじめた。

「中学生かと思ってびっくりした。なんでこんなところで働いてんの、犯罪じゃないかって、店長に言いそうになったんだよ」

小柄な童顔で化粧が板につかない真葛に、雪村はそう言った。

その頃、父の病状が悪化し、母も鬱《うつ》気味になり、自分自身の就職活動も上手くいかない状況で、真葛は疲れ果てていた。

親が元気で経済的にも恵まれている同級生たちが、どんどん就職を決めているのを眺めていると、自分の能力のなさも悲しかったし、家の経済事情のことも疲労に追い討ちをかけた。

同級生の恋人もいたが、キャバクラで働きはじめてから仲が壊れつつあった。

「他の男に触られたり酌《しゃく》とかするのかと思うと嫌なんだよ」

恋人はそう言うが、辞めたら何かしてくれるというのだろうか。何もできないくせに、嫉妬心だけで愚痴《ぐち》る男が子供っぽく見えた。

私は生活費も学費も必死に稼いでいるのに——親のコネで早々に就職を決めて遊び回るその態度にも苛立《いらだ》つ。頼りなく経済力もないくせに、自分の思い通りにならないとごねる男の幼さに、心底うんざりしていた。

四回生になった夏、雪村が「卒業したらどうするの」と聞いてきた。

雪村はベタベタ触ることもなく、酔ってくだをまくこともない、品のいい客だった。

「どうしましょう。何も決まってないんです、就職試験落ちまくりで……三流大学だし、私、何の特技もないから仕方ないんですけど」

「今晩、ちょっと、いい？」個人的に誘われたのは、その時がはじめてだ。

「僕の会社で働く?」とは言われたけれど、だからといって無理に関係を迫られるようなこともなく、あくまで雪村は紳士的に「君を助けてあげたいだけなんだよ」という姿勢で話をしてきた。

　雪村の誘いはまさに地獄で仏だった。

あの時、雪村と出逢わなければ、仕事を紹介されなければ、それこそ今頃慣れない水商売で糊口《ここう》をしのいでいたのかもしれないと思うと、ゾッとする。

　就職の御礼のようなつもりで、真葛から雪村を誘った――雪村が自分に興味を持っていることは知っていたから、提供できる唯一のものを差し出したつもりだった。

そもそも何の能力もない自分に、何の対価もなく親切心だけで就職の世話などしてくれるわけがない。いずれは身体を求められるであろうから、それならばと。

　恋愛感情があるわけでもなく――こんなに続くとも思ってもみなかったし、まさかその後、愛人になり生活全般の面倒を見てもらうのは予想外ではあった。

最初に寝た時に、「小さくて可愛い娘を、こんなおじさんがいやらしいことをして、すごく罪悪感を覚える。でもそれが――いいんだ」――そう、言われた。

それまで付き合ってきた同世代の男たちにはされた経験がないこと――挿入そのものだけではなく、助けてと口に出さずにはいられないほどまでに、言葉や指で真葛を高めてくれる雪村のやり方にも、のめりこんでいった。

　雪村の会社に事務員として入社が決まり、雪村が用意したマンションで週に数度、抱かれる日々がはじまった。

家庭がある雪村にとっては、自分は愛人といわれる立場なのだと卑屈になったり惨《みじ》めになったことはない。むしろ、能力のない女が誰の手も借りずひとりでボロボロになって生きていく方が哀れだと、苦労している友人たちを見て思っていた。

真葛にはもともと友達がいない。自分の唯一の生きる手段である女だということを武器にした頃から、同性と上手くやっていくことを放棄した。

そんな生き方を露骨に非難されたこともある。あんたは男に可愛がられてちやほやされていると思っているかもしれないけれど、なめられてるんだよ、と。

けれどそれのどこが悪いのだろうか。

「可愛い女の子」扱いは、男になめられて内心馬鹿にされているのだということぐらい、わかっている。でもそんな女に、対価を与えてくれる男たちがいて、安定した生活を送ることの何が悪いのか。

本当は、私を非難する女たちも、私のことを羨ましいって思っているくせに。

だって、仕事をバリバリやろうと息巻いていたのに、疲れて「結婚して主婦やりたい」と、言うことを変える女だって少なくないじゃないか。

いい年して親元にいて給料を遊びに使える女たちや、もともと何か才能のある女たちには、わからない。私は私という存在で労働以外の金を得て、親に仕送りもしているのだ。私は男に可愛がられ庇護され援助されることにより——親孝行もしている。親に迷惑や心配をかける自立心なんていらない。

真葛はリモコンでテレビのチャンネルを変えるが、どれもこれも退屈だ。ゲームや習い事に熱中できればと考えたこともあるが、何にも興味は持てない。

趣味は、セックスだろ。

雪村にそう言われたことがある——私はつまらない人間で、趣味も特技も好きになれることもないの、と言うと——。

真葛は、これが好きだろ、教えれば教えるほど反応が鋭くなってハマっていくのがわかる——けれど自分をセックスが好きな女に変えたのは、雪村だ。

目の前のテレビの画面の中では、お笑い芸人たちがひな壇の上にあがり、くだらないことを話しているが、内容など耳に入らない。

真葛はきゅっと閉じた太ももの内側に力を入れる。雪村とのセックスを思い出すと、身体の奥からじわじわとこみ上げてくるものがある。

夫との子作り目的のセックスでは絶対に芽生えないものが、身体の芯からせりあがってくる。

夫は寝室のベッドでしか真葛を抱かない。落ち着かないから、外でもしたことはないという。

雪村は車の中で助手席に座る真葛のスカートの中に手を入れて下着の上から触れることもあったし、一緒に旅行に行った際に海辺のホテルのベランダに全裸で立たされてうしろから突かれたこともあった。

家でも、風呂場とか、リビングでテレビをつけたままとか、キッチンでふいに他のことをやっている時に触れてくる。そうされる度に、「やめて」と言いながら、ぞわぞわと身体の奥から虫が這《は》い出たように感じていた。

真葛はテレビを消して立ち上がり、寝室に行く。ダブルベッドに横たわり、股間に手を這わす。

夫と寝ているベッドで、昔の男のことを思い出してこんなことをするのは、さすがに罪悪感を覚えずにはいられない。けれど、それにも慣れてしまった。所詮慣れて平気になる程度の罪悪感なのだ。

仕方ないじゃないか、夫は雪村ほどには、真葛の身体に興味を持たず、目覚めさせようとも深めようともしないんだもの。だから、雪村のことを思い出してしまうのは、仕方がない。

私が悪いんじゃない。

上はセーターを着たままで、下はショーツ一枚になる。黄色と白のボーダーの色気のない綿の下着。けれど、穿《は》きやすい日常の下着。洗濯するのも、そのまま放り込めばいいから楽だ。

雪村がたまにプレゼントしてくれた高級下着は、濡れて汚れてシミになってしまわないかと気になってしょうがなかったし、手洗いしかできないようなものばかりだ。あの下着も捨ててはいないが、穿くことはない。今は、こんな合理性を優先させた下着しか、穿かない。

男と一緒に暮らして男の存在が日常になること——安定と退屈はセットだということは受け入れている。だからこうして誰にも迷惑をかけない自慰の名を借りた心の浮気ぐらいなら、許されるだろう。

ううん、これは浮気ですらない、文字通り、自分で自分の身体を慰めるだけのことだ。

真葛は、ショーツの布が二重になっている部分に指を這《は》わす。

すぐに脱がさずここに指を行ったりきたりさせて布が濡れて色が変わっていくのを観察するのが雪村は好きだった。

自分の指を、雪村の指だと想像しながら、かつてされてたのと同じように、動かす。

そのうち布にあたる指先が湿り気を感じてきたので、ショーツをおろし下半身を剝《む》き出しにする。

——真葛はここも子供みたいに、小づくりで可愛い——すごくいけないことをしている気分になって、欲情するよ――

耳元で雪村の声を再生する。色あせない男の声を。

匂いや視覚の記憶はだいぶ薄れかけているが、声だけは時間が経てば経つほどに深く自分の身体にしみこんでいく。

指をそっと触れさせると、先端が屹立《きつりつ》していた。

――ここも小さいんだね、食べたくなってしまうよ――

雪村はこの部分を唇でそっと含んで舌ではじくことを繰り返した。その度に腰が動き、絶叫にも似た声が漏れる。

夫は、その行為自体が好きではないらしく、舐《な》めてくれない。雪村は、私のそこが可愛くてたまらないというふうに、舌が疲れないのかと心配になるぐらいに弄《もてあそ》んでくれたのに。

雪村と別れてから二年半、夫にしか抱かれてはいない。けれど、こうしてひとりでする時に思い出すのは、いつも雪村のことだ。

指を動かしていると、くちゅくちゅと音が漏れてきた。溢《あふ》れ出てきたのだ、下着を脱いでおいてよかった。シーツを濡らすほどにはならないと思うけれど、腰を少し浮かす。

雪村としている時は、こんなもんじゃなかった。家でする時は、バスタオルを必ず敷かないといけなかったぐらいだ。

――真葛、可愛いよ、可愛い――感じてる顔がいやらしい、もっといじめたくなる――俺のものに――

雪村の声が響く。可愛いと何度も繰り返し唱える、その声が。

呆れるぐらい、自分を賞賛してくれた男だった。

けれど、それでも決して「好き」とか「愛している」とか言わなかったことは、誠実さだと思っていた。

そう愛されてもいないし、愛してもいなかったのだから、私たちは。

可愛がられておもちゃになって、その対価として生活費を渡されているだけの関係にすぎない。

だから私は決して雪村を困らせるようなことは言わなかった。なんでも言われるがままだった。そして従うことが、楽で、気持ちよかったのだ。

話題も知識も豊富で、サービス精神豊かでバイタリティのある雪村と一緒にいることは楽しく刺激的だった。若くして会社を大きくし、一時期はマスコミにも注目されていた若社長で、人間的にも魅力ある男であることは間違いなかった。

――真葛、可愛い、俺、もう、イキそうだ――可愛いお前の、おま――に、負けそうだ――

端整な顔立ちから漏れる淫猥《いんわい》な言葉に興奮した。

普段、会社ではワンマンと呼ばれるほど何事も自ら率先して指示し存在感を示す雪村が、自分の耳元でいやらしい言葉を囁《ささや》くことに。

「ぁあ……」

声が漏れてしまう。指の動きが早まっていく、とまらない——。

「ああっ！　イくぅっ！　私もイくぅっ‼」

真葛は絶頂の瞬間、腰を浮かして、大声を出した。

夫と寝る時には、決して出ない声が寝室に響き空気をふるわせた。


「ただいま」

玄関のドアが開き、夫の弓彦の姿が見えた。疲れが顔に出ていて、唇も乾いている。

「お帰りなさい、今日は早かったね」

「ん……まぁ……今日は例の日だろ」

弓彦はくぐもった声でそう言った。

ああそうだ、今日は排卵日だと、真葛は思い出す。

昼間、性的に高ぶっていたのも、もしかしたらそのせいだったのかもしれない。

「晩御飯は？」

「今日は会社で夕食食べ損ねちゃったけど、いいよ。ラーメンあるだろ、それでいい」

「簡単なものでいいなら、作るのに」

「いいよ、ラーメンが食べたいんだ」

夫は上着を脱いでダイニングテーブルに着く。真葛はお湯を入れた鍋をガスコンロにかける。白菜と葱《ねぎ》なら残っていたはずだから、あれを入れよう。

夫の好みで少し固めにゆでたインスタントの塩ラーメンをテーブルに出す。

「ありがと」

真葛の方を見ずに御礼を言った夫は、ずるずると音を立て、ラーメンをすする。付き合いはじめた頃、弓彦の食の好みの安っぽさに驚いたものだ。ラーメンにお好み焼き、カレーにオムライス……食べものの好みが子供のようだった。

けれど、味にこだわりがないというわけではなくて、美味しいラーメン屋などには行きたがる。ただ、食べ物の好みが高級ではないというだけの話だ。

これが普通の男なのかもしれない。十年近く付き合っていた雪村が特別、食にこだわりがあっただけだ。雪村の方が、きっと特殊なのだ。

素材にもこだわり、野菜や魚を好んだ。食が人をつくるんだよというのが雪村の持論だったが、それならば味の濃い粉ものを好む弓彦は、どんな人間なんだろう。

結婚してから弓彦は明らかに太った。もともとが細身だったから、身体の心配をするほどではないが、シャツもスーツも買いかえねばいけなかった。それでも弓彦は味の濃い粉ものを食べ続けることをやめない。

もっと身体に良いものをと言ってみたことはあるが、会社にいる時は社員食堂でバランスの良いものを食べてるからと返されると、それ以上何も言えなかった。

真葛が作ったカルパッチョやサラダよりも、インスタントラーメンを美味《おい》しそうに汁まで残さずにすする夫を眺めながら、このままどこまで太っていくんだろうなと考えることはあるが、弓彦の好きにすればいいと思う。自分自身が選択しているのだから責任は弓彦にある。

結婚した当初よりセックスの回数が少なくなってしまったのは、弓彦の身体の変化にも一因がある。ぶよぶよと肉がついた腹は、だらしなく、弓彦自身も動くときに息切れがして億劫《おっくう》そうだ。掻《か》く汗の量も明らかに増え、夏は上になった弓彦の流す汗が自分の顔にかかるのが不愉快だった。

仕事が忙しくなり、昇進するにつれ弓彦は肉をつける。脂肪と反比例するように弓彦の性欲は衰えている。

だから今は排卵日に、子供をつくるためにしかセックスはしない。

「風呂は？」

「まだ。これから入れるところ」

「たまったらすぐに入るよ──せっかく早く帰ってきたんだし」

真葛はお湯をために風呂場へ行った。

子供がいれば、子供ができれば、もう退屈しなくてすむ。ずっと欲しかった、自分の子供がそばにいれば──きっと、これから楽しい生活が送れる。

そして、自分にも役割が与えられる──母親という役割をこなして、これからの人生を生きていける。そうじゃないと、退屈で死んでしまいそうだ。

たとえセックスのために急いで帰ってきても、先月のように、している最中に弓彦が大きなあくびをして、しらけてしまい中断してしまうようなこともあった。

昇進して疲れて眠そうになっている日が増えている。同世代の同僚より頭ひとつ抜きんでていることが得意げで、期待に応えようと人より働いているのも知っている。

しかし雪村は、今の弓彦と比べものにならないぐらい、忙しい人だったはずだ。それでも会うと自分を抱いたし、おそらく真葛以外にも女はいただろう。

すごいバイタリティだと、つい夫と雪村を比べてしまう。

雪村が特別なのだ、弓彦が特にセックスが弱いわけでもないはずだ。雪村を基準に夫を見るべきではない──そう、言い聞かせてはいるけれど。

十年近くつき合った雪村とは会う度にセックスしていたのに、結婚して二年でほとんど排卵日以外にはセックスしなくなった弓彦――これが、安定であり、平和な日常というものなのだろうか。それを手に入れると、刺激は得られなくなるのか。

弓彦が風呂から上がったあとに、真葛も入る。

マンションの風呂は狭くて、一緒には入れない。

つき合いはじめた頃、ラブホテルの大きな風呂にも、弓彦は「恥ずかしいし、ひとりで身体を洗いたいよ」と、一緒に入ることを拒否した。

自分があたりまえと思うことを拒まれる度に、目の前の男が遠くなる。

雪村とは一緒に風呂に入り、お互いの身体を石鹸塗《せっけんまみ》れにして遊ぶことを当たり前にしていたのに。

真葛は脱衣所で全裸になり、体重計に乗る。二十代の頃と変わらない。

小柄な身体は、男の遊具にされる。雪村は正常位だけでなく、立ったまま挿入して、真葛の身体を持ち上げて腰を動かす体位を好んだ。雪村があぐら座りをして、その胸に背をあてるようにして、うしろから挿入され、まるで幼児が放尿させられているような体位を、鏡の前でされたこともある。

弓彦は、そんなことはしない。ごくごく普通に上になってくる。

その夜も、そうだった。キスをして、軽く身体に触れてきた。

けれど、なかなか挿入できなかった。

「疲れてんのかな」そう言い訳をされたが、返事なんてできるわけがない。

仕方なく、硬さが足りない男のペニスを真葛は自分から口にした。

このあと挿入して腰を動かし射精して――次の手順が全部読めるような、セックス。夫婦のセックス、日常の線上にある、性行為、子供をつくるために排卵日にだけ行う、セックス――。

やっとのことで挿入しても弓彦は射精できなかった。中で萎《な》えてしまったのだ。

「ごめん、やっぱり平日は疲れてしまって――」

お疲れ様、と声をかけそうになって、やめる。

仕方ないよね、仕事頑張ってくれてるんだもんね――私と、将来生まれてくる子供のために――そう、自分に言い聞かせながら、優しい妻を演じきろうとする。

諦めて真葛に背を向けた弓彦の方から十分もたたないうちに寝息が聞こえてきた。

自分も、ひどく疲労を感じている。

なんで男と寝ることでこんなに疲れなきゃいけないのだ。しかも、途中で終わってしまったのに。

早く子供、作らなきゃ。来月こそ、ちゃんとしてもらわなきゃ。子供のために、来月は、頑張ってもらわなきゃ。

子供ができたら、夫とセックスなんてしなくてよくなるんだから。

弓彦を紹介してくれたのは、雪村だ。

同じ会社ではあるが部署が違い、それまで接点はなかった。顔を見たことがあるなという程度の存在に過ぎなかった。

弓彦は中途採用だった。雪村が得意先から引き抜いたのだという噂《うわさ》もあった。仕事を堅実にこなし自分に忠実であるところが気にいったのだろう。

弓彦が新しい部署に移り営業先回りをした時に真葛がアシスタントとしてつけられた。不自然な人事だった。真葛はただの事務員に過ぎないのだから。

雪村がやたらと真葛の前で弓彦を褒《ほ》めるようになった。弓彦の実家は裕福で、もともと大学教授だった両親はオーストラリアで暮らしているからうるさくないのだとか、ああ見えて将来性があるとか――結婚に向いているぞと、言わんばかりに。

つまりは、弓彦ならば新しい「飼い主」として十分だぞ、と言いたいのだということを察した。

三十歳に手が届きそうになった真葛の将来を雪村なりに心配してくれたのか、あるいは単純に別の女に心が動き、真葛と手っ取り早く離れるために別の男を紹介したのか――多分、どちらも、だ。

真葛自身も、子供が欲しいという願望がある限りは、このまま雪村と愛人関係を続けていくわけにはいかないとは悩んではいた。

雪村とつきあえば経済的な苦労はしないし、両親に仕送りもできる——けれど、人の夫との間に子供を作るほどに厚顔無恥ではないし、度胸もない。

「あいつに、どういう女が好みなんだって聞いたんだ。そしたら僕は小柄な女の子が好きなんです、なでなでしたくなるような、可愛い娘《こ》がって、言ってたぞ」

雪村がそう言った時に、十年近く続いたこの関係を終わらせたがっていることに確信を持った。

すんなりと別れるために、そして真葛の願望のためにも、「夫」に相応《ふさわ》しい男を紹介することが最適だと考えたのだろう——その合理性が、雪村らしかった。

真葛もその意図をくみ取り、自分から弓彦を飲みに誘った。

酒の席で、男に媚《こ》びて気をひくなんて、簡単だ。

「見かけによらず、お酒飲むんだね」と言われた時に、「小さいからって、子供扱いしないでください。ちゃんとした大人なんだから」と、拗《す》ねた表情でじっと目を見つめると、弓彦がすっとそらした。そのくせ、手を真葛の膝の上に乗せている。

その夜、ホテルに行き、恋人同士になった。

あまりにも簡単に、「次の男」を手に入れることができて拍子抜けした。

付き合ってからわずか一年で結婚までこぎつけたのは、雪村が弓彦に「昇進する時にな、ひとりものは信用されないことがある。まだまだ頭の古い人間は多いからな」と、結婚したら昇進させてやるという意思をチラつかせたからだ。

結婚祝いという名目の手切れ金をもらい、真葛は雪村と切れて、弓彦と結婚した。

結婚披露宴ではもちろん、社長の雪村のスピーチもあった。

式で初めて雪村の妻を見たが年齢相応の特に美しくもない女だった。

ただ、やたらと愛想のいい女で、にこにこ笑いながら「可愛い花嫁さんね」と言われた時には表情がひきつらないか気を使った。

雪村はいつも妻のことを「世間知らずのお嬢さん」と言っていたけれど、その通りだと内心冷めた目で妻を馬鹿にしながらも、真葛は「可愛い花嫁」を演じきった。きっとこの女も雪村に犬のように従順なのであろうと思いながら。

真葛は会社を辞め、穏やかで平和で安定した結婚生活を手に入れた。

「愛人」から「奥さん」になった。理想的なゴールだ。専業主婦になるという希望も叶えられた。

真葛の「夢」にふさわしい男が用意され、全て雪村の手のひらの上でストーリーが展開されていった。

あとはここに子供が加われば完璧なのに。

マンションを出て東大路《ひがしおおじ》から下河原《しもがわら》を通り、円山公園を抜けて知恩院《ちおんいん》に行くか、あるいはそのまま八坂神社を通り、再び家に帰る。これが真葛の散歩のコースだ。

朝、雪がチラついていたが、午後からは晴れたので家を出た。

今日は散歩するだけだから、ファウンデーションも塗っていない。ダウンジャケットをひっかけてデニムパンツにブーツを履いて歩いていく。

冬は観光客が少ないから好きだ。秋や春はこの道はとても歩けたもんじゃない。自分のマンションの周辺ですら人が多くて交通を阻《はば》まれてうんざりすることも多い。普段は静かなところなのに。

京都の冬は寂しいけれど綺麗なのに、人の訪れは少ない。

大学入学を機に京都に来て、それからずっとここにいるけれど、京都のことばにはならないのは、あくまで自分はこの街の「よそさん」だからだ。

この街が好きでも嫌いでもないけれど、ただ、自分のような女に寛容な街ではないかと思っている。

生まれ育った信州の小さな街の中学高校の同級生たちのほとんどは、早くに結婚して子供がいる。働く女の居場所は学校か銀行か公務員と決まっていた。男とふたりで街を歩こうものならすぐに噂が広まる、狭い世界だ。

真葛のマンションの近くにある祇園などのような、男たちが着飾った『女』に金を払う場所が、異端としてではなく日常の中で許されているのが京都という街だ。確かにどこの地方にもそのような場所はあるが、京都のようにど真ん中に格式を持って存在しているというのは稀《まれ》だろう。

女であることで男から金銭的な恩恵を受けて生きることは、悪いことではない。でも、もしも自分の故郷の田舎町ならば、誰かの愛人で生活の面倒を見てもらっているなんて、すぐに町中の人に知られてしまうし非難もされる。

真葛は高台寺の前を通り、左手に大雲院《だいうんいん》を眺めながら歩く。織田信長《おだのぶなが》の息子・信忠《のぶただ》の法名がつけられたこのお寺には、祇園祭の鉾《ほこ》を模した大きな祇園閣という建物がある。実業家・大倉喜八郎《おおくらきはちろう》により作られた、比較的新しい建物だ。

その前にある石の塔の前でふと足をとめる。やけに新しく、とってつけたような感じの石の塔。

祇園女御塚——祇園女御の住んでいた場所だと伝えられている。ここに来ようとした白河上皇の警護をしていたのが八坂神社の灯籠に名前が残る平忠盛で、のちに白河の子を宿した祇園女御が忠盛に授けられ生まれたのが清盛だと言われている。

「やっぱり真葛か」

ふいに声をかけられ、振り向いた。

「子供みたいな女が歩いてるなって、見てた」

雪村が立っていた。

二年ぶりだが、そう変わらない。

スーツの上にはコートを着ている。やはり若く見え、血色もいい。

「外国からの客人を、案内してたんや、知恩院とか円山公園を。客がホテルにタクシーで向かって、このまま会社に戻るのももったいないし、天気ええし、今日はそんな寒ないなと、ぶらぶら歩いてたら、お前を見かけた。元気にしてるか?」

雪村の声が耳に響く。

いつも、ひとりで自分を弄ぶ時に反復する声が。

「……元気ですよ」

「そうみたいだな、変わらない。今、時間あったらお茶でも飲まないか」

断る理由はない。夫が世話になっている会社の社長だ。

真葛は頷いた。

すぐ近くにある長楽館《ちょうらくかん》にふたりで入る。一方的に雪村が喋《しゃべ》り、真葛は聞くだけだ。

以前から、そうだった。雪村がよく喋る活発な女が好きではないのを知っているからだ。

男も女も自分に従属する人間が好きなのだ。自己主張しない人間が。

一時間ほどたつと、雪村が伝票を持って立ち上がった。

「行こうか——久しぶりに」

どこに行くのかと問えなかった。

雪村のやり口はわかっている。何よりも行動で示す。言い訳や理屈など、言わないし通用しない。自分がやりたいことをやるのが正義なのだ。そして合理的なのだ、全てにおいて。

そういう男だ、自分の思い通りになると思っている、強引で傲慢で魅力的な男。

目の前に真葛がいて、再会したから——興味がわいた、それだけだ。こちらが断ることなど考えてもいまい。たとえ断っても、「そうか」と傷つきもせずあっさりと立ち去るだろう。

躊躇《ため》いが真葛の身体を縛り付け、立ち上がることができない。自分は今は、人妻なのだ。目の前の男の部下の妻なのだ。

「そんなに時間があるわけじゃないから、急ごう」

真葛の迷いを無視して、雪村は既に決定事項のようにそう告げる。

せかすように速足でレジに向かう雪村のあとを、小走りに真葛は追った。

逆らえない。

いつも私はこの人に従ってきたんだもの。

匂いも味も懐かしい。

声は何度も反復して記憶に重ねてきたけれど、遠ざかっていたものを久々に味わうと、忘れていた感触が甦り、自分の全身が乾いたスポンジが水を吸うように潤うのがわかる。

生殖目的だけの味気ないセックスをしてきた日々、どれだけ自分はこの飢えを抑えつけて忘れようとしていたのだろうか。

セックスは娯楽ではなく、子供をつくるためのものであると——もしも雪村という男に出会わなければ、そういうものだと思えてそれなりに満足していたかもしれない。けれど、一度、悦びを覚えたならば、幾ら封印しようとしても、身体に重ねられた記憶がこんなに簡単に甦《よみがえ》ってしまう。

ホテルの部屋に入り上着を脱ぐと、抱きしめられ、持ち上げられた。お姫様抱っこというやつをされて、そのままベッドに横にされる。

まさかこんなことになるとは思いもよらなかったので、地味な綿の下着をつけていることが恥ずかしい。

本気で、二度と会わないつもりだった。会えばこうなることはわかっていた。

愛なんかじゃない、恋ですらない。昔も今も。けれど、慣れ親しんだ、一番自分に合うやり方を身体が忘れなかった、ずっと。

今だって夫との子作りだけのためのセックスという儀式では得られない欲望の蓋《ふた》が開いて、この男を受け入れようとしている、それだけなのだ。

男はネクタイをとり、シャツのボタンを外し自ら裸になろうとしている。真葛も、セーターを脱いで、その下に着ているブラウスのボタンに手をかける。

「真葛はそのままでいい。俺がじっくり眺めながら脱がせたいから」

そう言われて、横たわった。

裸になった雪村の股間の繁みから、軽く硬くなった様子の肉塊が顔を出している。

雪村が、真葛の髪の毛をくしゃっとかきわけるようにして唇を近づける。

ああ、雪村の匂いだ、男の、匂い。

煙草の味のする舌が真葛の口内を掻きまわす、舌が舌を追いかけるようにぐるぐると。そうしながらも右手でブラウスのボタンを器用に外していき、白いシンプルなブラジャーに覆われた胸が露わになる。小さな胸は横になるとふくらみがあまり感じられない。

ブラジャーの中に雪村の指が入り込んで先端を人差し指と中指ではさむ。そこが硬くなっているのは寒いからではない。

真葛はもどかしげに腰をねじらせ、自らデニムパンツを脱いだ。

雪村がいったん唇を離し、ブラウスを脱がせた。

ブラジャーからは乳首がはみ出ている。背中に手をまわされ、外されて、胸が完全に露わになる。

「相変わらず、綺麗な色だ」

顔はそうでもないのに、身体は白い。そしてその白い膨らみの先端に屹立《きつりつ》する部分は、薄い桃色で、まるで少女のようだと賞賛され続けた。

「いい身体だ、好きな身体――」

そう言って雪村は先端に口をつける。

「あっ!!」

思わず声が出て真葛は腰を浮かせる。

「うぅ……」

声が漏れないようにと唇を嚙みしめる。雪村は乳首を舌で弄んだまま、指を膨らみの少ない腹をなぞりながら下へとずらしていく。

「やぁ……」

雪村の指がショーツの中に侵入しはじめた。

「お……やっぱり濡れてる……」

真葛は顔を見られるのが恥ずかしくて横を向く。

「いつからこんなになってた？　ここに来た時からか、それとも喫茶店にいた時からか」

真葛は答えない。

わかることは、夫と寝る時にこんなふうになることはない——それだけだ。

雪村の指が奥へと進んでいく。ゆっくりと、処理していない陰毛を掻き分けるように、ひたひたと。

「いやっ！」

腰が浮いた。

雪村の指が真葛の硬くなって顔を出している小さな木の実に届いた。

「久しぶりだ、じっくり見せてもらう」

ショーツを一気に引きずりおろされて、身体を起こした雪村により、ぐいっと太ももを開かされる。

「やぁ……」

ひんやりとした風があたる。むぅんと、そこから匂いが広がってくる。

久しぶりだ、自分で自分の匂いがわかるほど濡れているのは。

雪村は、じっくり眺めながらするのが好きだ。そうすることにより女を辱《はずかし》めることも知っている。

ずっと誰の眼にも触れられてなかった部分が焼けつくように熱くなっている。

夫はここを眺めることも、舐めることもしない。

夫により数年間放置されていた女の一番いやらしい、恥ずかしい部分は、こうして光の中で眺められることを待ち望んでいたことを、雪村はわかっているのだ。

じわっと、自分の中から溢れるものがシーツを濡らし、尻が冷たい。

「いやらしい、てかてか光ってる。真葛の、お汁で」

雪村は人差し指と中指を、ぐっと奥に差し込んできた。

「ぁあっ!!」

もう声を抑えることはできない。真葛の中から抜かれた指がキラキラとシックな部屋に不似合な悪趣味なシャンデリアの下で光っているのが見える。

ふと、自分の家のリビングの照明を思い出した。

部屋に不似合な、雪村からもらったシャンデリアを。

自分の夫婦生活を、照らしていたあの灯りを。

まるであれは雪村の目のように――夫との性生活の物足りなさを観察していたのか。

雪村は真葛の白い液体に覆われた二本の指を、縦筋に沿って動かす。

「いやぁっ！　やめてぇっ!!」

「やめないよ、やめて欲しくないくせに」

「やぁっ‼」

上下を往復して潤された指が、にゅるりと挿し込まれる。

「うぅっ……」

「すごくしめつけてくるぞ、悦《よろこ》んでるんだな、真葛のここは」

雪村が二本の指をくっと曲げて、天井をなぞるように出し入れしはじめた。

じわじわと内側から疼《うず》きが全身に広がっていくのがわかり、身体の力が抜けていく。

「俺のも――」

言葉より早く、雪村が身体を離し、ベッドの横に立った。

雪村はこうやって、自分が立ち、真葛を跪《ひざまず》かせて性器をくわえさせる形を好んだ。

真葛は膝をつき、崇《あが》めるように雪村の顔を見ながら、既に硬度を増し始めている性器をくわえこんだ。雪村に教えられたように、雪村が好むやり方で、唇を隙間なく密着させて舌をスクリューのように男のものにからみつかせながら、上下する。

「そうだ……上手だよ……」

傅《かしず》いて見下ろされているような、屈辱的な体勢だが、これが一番自分たちの気分を高めてくれるのだ。

唾液を溢れさせ、じゅぽじゅぽと音を立てながら入れたり出したりをくりかえす。

雪村の男のものの角度が上をめざし真葛の口に抵抗をしはじめた。

「そろそろだ――」

雪村の手が真葛の頭から離れた。

「久しぶりに真葛に会ったら、お前としかできないことをやりたくなった」

真葛を立たせた雪村がうしろにまわる。反射的に真葛が腰を落とすと、背後からぐいっと両膝に腕がかかり、ぐっと開かされたまま持ち上げられる。

小さな子供がおしっこをさせられるような――。

雪村は真葛をうしろから持ち上げたまま、大きな鏡の前へ移動した。

「これは普通の女ならかなり大変なんだよな。でも真葛なら――」

鏡の中にぐっと足を開かされた自分が映っている。

双丘の狭間から、にょきりと雪村の男のものが突き出ているのも見える。

懐かしく淫らな光景に真葛は目をそらした。けれど抵抗はしない、する気もない。

雪村が大きく息を吸った。腰がぷらんと宙に浮いたようになる。

「入るかな――」

さきほどまで自分がくわえていた雪村の先端が排泄《はいせつ》の穴に触れた。

違う、違う――もっと前――。もどかしげに真葛は首をふる。

「久しぶりだから、難しいな。手伝ってくれよ」

真葛は左手を開かれた股の間に入れて、雪村の男根を自分の濡れた的にあてる。

「真葛はいい子だ——、入れて欲しいか——」

こくりと、雪村の声を耳元で聞いて悦びで震えながら、頷《うなず》いた。

返事の代わりにずぶずぶとさきほど自らの手で添えた男のものが突き刺さる。

「ぁあっ!!」

「ああ……よくしまる……なつかしい……」

全身に快感が電気のように走り、息が止まりそうになる。

「ちゃんと見るんだ、前を」

雪村の声で我に返り、前を向くと、目の前ではぱっくり股を広げ、その真ん中を貫かれた自分が呆然としている姿が鏡に映し出されている。

あれは誰なの——私——私の知ってる私じゃない、普段の私じゃ——。

おぞましい光景のはずなのに、目をそらすことができない。

ぬるりぬるりと、ゆっくり雪村のものが出し入れされている。

この体位では、深く奥まで挿入することができないはずなのに——真葛の身体の奥から子宮が降りてくる感触がある。雪村のものを、求めて向かっているのだ。

自分の襞《ひだ》が男のものにすがりついているような感触がわかる。

「気持ちぃい……」

思わず声がもれる。

「もっと気持ちよくなればいい」

「ぁあっ!!」

雪村の動きが速まる。それに応じるかのように真葛はぎゅっぎゅっと男のものを締め付けていた。

「長井ともこんなふうにやってるのか」

ふいに雪村が聞いてきた。

答えることができない、答えられない。

「あいつは、仕事に対しては野心家だが——俺とは違う種類の人間だ——女に対しては——満足、してないだろ」

頷いた覚えはないのに、頭がかくんとゆれる。

「白々しく聞こえるかもしれないが、そういう男の方が真葛を幸せにできると思ったんだ。あいつなら将来も安泰だし浮気もしないだろう——けれど——」

真葛はただ、喘《あえ》ぐだけしかできない。肯定も否定もできぬまま。

「お前みたいな、これが好きな女には、不満だろう、悪かった——だから——」

「ぁあっ!!」

ふいに身体の芯をつらぬかれた感触があり、大声が出た。

「自分のいやらしい顔を見ながら、いけよ」

低く響く雪村の声と共に自分の声が絶叫にも似た叫び声に変わる。

鏡の中には自らクリトリスを触っている真葛がいた。その下で雪村の男のものが出たり入ったりしている。

「ぁあっ!!」

「入れられながら、オナニーか、やっぱりお前はいやらしい、可愛いよ、その顔が――」

真葛は体重をうしろに委ね雪村にもたれかかっていた。

力が入らないのに指だけは動いて、自分の感じるところをこすっている。

「いいっ！　いいっ！」

「真葛がいやらしい顔してるから、いきそうだ――」

「出してっ！　出してぇっ!!」

口から発せられる言葉が自分の意志を追い越している。言うつもりのない言葉を叫んでしまう。

身体がふるえる、内からこみあげてくる、懐かしい波が――久しく感じていなかった波が――。

「ぁあっ!!　出るぅっ!!」

びくびくと男のものが膨張する感触があった。すぐにぬるりと引き抜かれ、鏡に白い液体が飛びちった。

鏡に飛び散った汁が、とろりと、まとわりつくように落ちてゆく。

ふらふらとよろめいた雪村は真葛をベッドの上におろし、自らも力つきたように倒れ込んだ。

真葛は雪村の重みと汗を肌で感じながら、手を男の背に回す。

愛などないのに——どうして、私はやっぱりこの男に感じてしまうのか。


「くしゃみが増えて、あ、花粉が飛んでるって気付くことで春だなぁって思うんだよ、ここ最近は。変なの」

「そうなんだ、私は花粉症じゃないからな」

「俺もそんなにひどくはないんだけどね——桜が咲いたら、このあたりも人でいっぱいになって騒がしくなるなぁ。今のうちに、円山公園を散歩でもしないか」

「いいわね、久々に、デートみたいで」

リビングに差し込む日差しもやわらかくなってきた。

春が、近づいてきている。

休日、夫は珍しく真葛を外に誘った。

「いや、俺も、腹が出てきたから、ウォーキングとかしなくちゃなと思ってるんだよ、真葛を見習って」

弓彦がこの冬の間にさらにふっくらしたお腹を撫でる。

心地よい日差しの中を歩く。

「子供ができたら、若くてかっこいいお父さんて思われたいしな」

冬の桜の樹の間を縫うように歩きながら、弓彦がそう言った。

真葛は答えず、ただ、うっすらと笑みを浮かべる。

生理が来なくなり、医者に行くと妊娠を告げられた。九割方、相手は雪村に違いなかった。

雪村に相談すると、「長井と俺とは血液型は同じはずだから、産めばいい」と顔色も変えずあっさりと告げられた。今後、金銭的な援助は惜しまないから、とも。

弓彦とは何度、排卵日にセックスしてもできなかった。これからもできないかもしれない。

子供は産みたかったが——弓彦の子供ではない可能性の方が断然強いのだ。

嘘を吐いて、産んで、生まれてきた子供が勤務先の社長そっくりだった——なんてことがあればごまかしは利かないだろう。

けれど堕胎はしたくなかった、自分の中に宿る子供の命を絶つなんてことは、したくない。

子供が欲しかったのだ、確かなものが欲しい。

これから先、子供ができるかどうかなんてわからない。

子供を産み、育てること――自分がこの世でできることはそれだけのような気がしていた。何も生み出さない自分に与えられた唯一の仕事だとずっと思っていた。

赤ちゃんが生まれたときに、初めて「小さくて可愛い」存在から脱することができるのだと、生きてていいのだと思うことができると信じていた。

もし、将来、バレるようなことがあって離婚を告げられてもそれは仕方がない――そう、覚悟を決めて、妊娠を夫に告げた。

夫は「嬉しい」と喜んでくれた。手放し、というようなほどではなかったけれど。

「いい知らせがあるんだ」

やせこけた人の指のような枝をつける桜の樹の下で、弓彦は言った。

「まだ正式な辞令が出るのは春になるけど――また昇進が決まった。異例の大抜擢《ばってき》だって、皆、悔しがってるよ」

にっこりと、誇らしげに弓彦は笑顔を見せた。

子供ができた――と真葛が告げた時よりも、遥かに嬉しげな顔で。

「社長が、お前も父親になるんだからな、応援するって、内々に教えてくれたんだ

――ご祝儀だって、言われたよ――社長のためにも、子供はしっかりと育てないとな」


夫の手の冷たさに気がついて、真葛は思わずからめた指を離した。

愛などないのだ――ここにも。

何故、今までそのことに気付かなかったのだ。

愛などなくても、求めずとも、私はそうやって男に従って生きていくと決めたのだと、自分に言い聞かせる。

桜の蕾《つぼみ》が膨《ふく》らみ始めていた。

もう、春もすぐそこまで来ているのに、どうしてこんなに寒いままなのか。

第二話

滝口入道《たきぐちにゅうどう》——滝口寺《たきぐちでら》

滝口寺

嵯峨《さが》小倉山《おぐらやま》の麓にある法然上人《ほうねんしょうにん》の弟子良鎮《りょうちん》が創建した往生院《おうじょういん》の旧跡。清盛の息子の平重盛《たいらのしげもり》の部下であった斉藤時頼《さいとうときより》は、清盛の娘の徳子《とくこ》に仕えていた横笛《よこぶえ》に心を奪われる。ふたりは相思相愛になるが身分違いだと時頼の父に許されず、失意の上に時頼はこの寺で出家し滝口入道と名乗る。時頼恋しさに横笛が訪ねるが「出家の妨げになる」と会うのを拒まれ、悲しみのあまり大堰川《おおいがわ》に身を投げたとも、出家したともいわれている。

真っすぐに天をめざし、目隠しをするように空を覆う竹林を抜けると、赤い柵に囲まれた神社があった。

さきほどまでは涼しげな緑に守られていたのに、その竹のトンネルを抜けると容赦ない日差しの洗礼を浴びる。

それでも女たちは臆することなく、引き返すことなく、神社の境内に足を踏み入れる。神様に願いごとをするために——想い人との縁を結んでくださいと、あるいは新たな出会いをくださいと。

まるで女という生き物の義務であるかのように、女たちは縁結びを願う。

こぢんまりとした神社には重荷ではないかと心配になるほどに、女たちによって掲げられた膨大な量の絵馬が目に留まる。

その神社の社殿に向かい流れ落ちる汗を拭おうともせず、一心不乱に姿の見えぬ神に祈り手を合わす女の姿があった。

端整な顔には色はなく、固く目を閉じるあまりに目じりと眉間にできた皺《しわ》にたまった汗が化粧を浮かす。

固く結ばれた唇は渇ききって皮がめくれあがっている。

女——斗貴子《ときこ》は手を合わし続ける。あの人に会わせてください、と。

神は沈黙したまま、答えない。

「あの人、なんか怖い、ぶつぶつ言ってる」

後ろから聞こえてきた声で、眼をあける。

振り向くと自分より随分若いふたりの女がこちらを見て、しまったという顔をして足早に立ち去っていった。どうやら口に出してしまったらしい。

野宮《ののみや》神社を出て、嵯峨野《さがの》を北に進む。

蟬《せみ》の声が耳障りだ。嵐山《あらしやま》駅から歩いてここに辿《たど》りつくまでの涼しげなはずの竹林の暗さも、今は陰鬱さしか感じない。

普段は観光ルートであるこの道も、さすがに真夏の炎天下では観光客も少ない。だからこそ、この縁結びの神社でゆっくり拝めたのだ。

人がたくさんつめかけている状態では、神様は忙しくてひとりひとりの願いなど聞いてはくれないであろう——それほどまでに、ここには女たちが多く訪れる。

赤いTシャツは汗でべっとりと濡れていて、豊かな胸の膨らみがはっきりとわかる。膝上丈《ひざうえ》のスカートから伸びた足はほどよく筋肉がつきながらも、足首がきゅっと締まって、ハイヒールの似合う足だと自覚している。

ひとりでこの嵯峨野に来るのは初めてだった。京都の大学で四年間を過ごして、卒業して十年住んではいるけれど、ひとりで観光めいたことをしたことはなかった。そんなものだ。よその土地の人間は、京都に住んでいるというと、神社仏閣に詳しいのではないかと期待をする者も多いが、住んでいるからこそ無関心な人間の方が多い。

嵯峨野に来る時は、いつも、恋人が一緒だった。

京都に生まれ育ち歴史が好きで作家志望の恋人・斉藤新太郎《さいとうしんたろう》に、案内してもらいながら何度も歩いた道を、ひとりで辿っている。

嵐電《らんでん》の嵐山駅で降り、土産物《みやげもの》屋が立ち並ぶ賑やかな嵐山を抜けて、嵯峨野への道に入ると、空気が変わる。空を覆う竹林の小道をまっすぐに歩くと、「源氏物語」に登場する縁結びで有名な野宮神社、更に北に進むと、道沿いに小さなお寺が幾つもあり、「嵯峨野巡り」と呼ばれる散策コースになる。

嵐山駅の前には和小物の店や、テイクアウトの飲食店などが立ち並ぶ。観光客が多いわりには飲食店が少ないので、こうして外で食べられるものを売る店が増えた。

嵯峨野への入り口には、湯豆腐をテイクアウトできるような店まである。立ち食いなんて、京都市内の繁華街や家の近くならば、人目が気になって絶対にしないのに、新太郎と嵐山へ来た時は、あえて観光客のようにふるまい、ふたりで食べながら歩くことが楽しかった。

「ソフトクリームって、観光地でしか食べられないよね。僕は女のひととつきあうのがはじめてだから、こんなデートもしたことないんだけど、男ひとりとか男同士って、甘い物頼みにくいから、斗貴子さんがいてくれて助かる」

斗貴子自身は、そこまで甘党ではなかったけれど、そんなふうに自分に甘えてくれる新太郎につきあい、テイクアウトの湯豆腐屋台の隣にあるさつまいものきんつばの店や、嵐山名物の桜餅の店などを巡った。

嵯峨野は、かつては政治の第一線を退いた貴族や世を儚《はかな》んで出家したものたちが静かに侘《わび》しく暮らした場所だ。だから都から離れているのだ。

かつて恋人と手をつなぎ歩いた時は、鄙《ひな》びたこの道も、竹林も、風情のある和やかな景色だったのに、今は、とてもそうは思えない。同じ場所なのに、ひとりだと、こんなに殺伐とした田舎道だったのだろうかと、その景色の印象の違いに驚く。

思い出を辿ったって、何にもならないことはわかっている。

いや、思い出にはまだなっていない、私たちは別れてはいないんだもの。

空を覆う竹林の隙間から光が入る。緑の壁に囲まれ押しつぶされそうな圧迫感に気が遠くなる。漂う竹の匂いが忌々《いまいま》しい。今にもこの竹が大きく撓《しな》い、斗貴子の行く手を阻むのではないかとすら想像してしまう。

斗貴子は新太郎にいつも撫《な》でられていた長い髪の毛を首筋に張り付けたまま、嵯峨野を歩く。

このまま二度と会えないのだろうか——もしそうなら、死んでしまおうか。

新太郎とは、大学を卒業して事務員として就職した資材会社で知り合った。

新太郎は大学生で二十歳、斗貴子は入社四年目で二十六歳の時だ。

眼鏡をかけてひょろりとした新太郎が慣れない肉体労働に悪戦苦闘する様子がおかしくて気にかかっていた。悪気はないが口の悪い男の作業員に「へっぴり腰の坊ちゃん、大丈夫か」とからかわれている姿も、愛嬌《あいきょう》があった。

聞けば、一流大学の法学部の学生だという。学校から紹介されたアルバイト先が、斗貴子の会社だった。

新太郎が段ボールで手を切った時に、斗貴子が手当して、はじめて口をきいたのだ。

「ありがとうございます」

御礼を言いながら新太郎が決して自分と目を合わさなかったことに斗貴子は気づいた。手当された指がかすかに震えていたことも。それでいて、ちらちらと、タイトスカートと膝《ひざ》の間のストッキングに覆われた斗貴子の足を見ていたことも。

消毒液を塗り、絆創膏を貼る時に手が触れただけで、身体が跳ね上がるような反応を見せた様子に、女とつきあったことがないのだろうかと、思った。

相手の臆病さを見ぬくと共に意地の悪い気持ちも湧き上がる。からかってやろうとわざと香水の匂いが嗅《か》げるほど顔を近づけて、じっと目を見つめてやったら、たちまち真っ赤になって目をそらされた。あまりにもわかりやすい反応に笑いがこみあげてくるのを抑えた。

スラッと背が高く、腰まである長い髪の斗貴子は、東京に行った時にモデルにならないかと声をかけられたこともある。何よりも、いつも褒められたのは、足だった。特に自分の顔立ちが美しいわけではないことは自覚している。地味な容貌だけれども、化粧と、よく手入れした髪の毛に形のいい足の見える服を身に着けるだけで、色っぽいと言われた。

新太郎が、そんな斗貴子を以前から眩《まぶ》しそうな目でたまに見惚《みと》れていたことも気付いていた。

斗貴子はその頃、恋人と別れたところだった。

達者な口で女の気を引くのが上手い男は浮気を繰り返し、斗貴子が愛想をつかしたのだ。

自分に対して不満があって他の女の気を引こうとするなら、まだいい。その男はたとえ恋人がいても、目の前に隙を見せる女が現れると恋人の存在を忘れて口説《くど》こうとする。

そういう男は、こちらがどれほど努力をしても、変わることはないと気付いた時に、すっと気持ちが冷めていった。

だから次の恋人は、自分だけを好きでいてくれる人がいい。

私が一番で、私だけを愛してくれる人。大事にしてくれる人。私がいなければこの人はダメだ、私じゃなきゃダメなんだと思わせてくれる人と、恋人になろう。

「その他大勢の女」扱いをされることは、自分の価値を下げるような気がする。特別な存在に、なりたい。浮気をしない、自分を愛してくれる男じゃないと嫌だ。

だから——女に慣れた男よりも、純情な男の方がいい。

「斉藤君は、法学部なんだね。もしかして弁護士目指してるの？」

やはり目を合わさずに「はい」とだけ新太郎は答えた。

自分に興味がありながら、腰が引けている様子が、可愛《かわい》らしい。

翌日に「御礼です」と、帰る間際にそっと小さな箱を渡された。中にはチョコレートが入っていた。百貨店の地下で売っているブランドの箱だった。

あれだけのことに御礼なんていいのにと思いながらも、育ちの良さが窺えた。

「御礼なら、一緒にご飯行かない？　最近ひとりぼっちの食事ばかりでつまんないんだ」

と、声をかけたその日の夜に、新太郎を部屋に招いた。

自分でも性急過ぎるかと思ったが、純情な年下の男には、強引なぐらいどんどん押した方がいいと思ったのだ。

二十歳から二十六歳まで、あっという間だった。きっと三十歳までも、すぐだろう。そう考えると、優雅に駆け引きをしている時間など、ない。

新太郎は、部屋に来るまでは、おとなしく恥ずかしそうにしていたのに、部屋に入った瞬間に、いきなり身体《からだ》をこちらに覆いかぶせてきた。驚いたけれど、その勢いは斗貴子の「愛されたい」という望みを一瞬で満足させた。

斗貴子さん、最初に出会った時から、好きでした。

技巧はないが必死さに満足したセックスが終わったあと、そう告白されて、ふたりは恋人同士になった。

親元で暮らしている新太郎が、週に三度ほど斗貴子の部屋に泊まりにくるようなつきあいだった。

新太郎は童貞ではなかったが、きちんと女性とつきあったのは初めてだという。じゃあ今まではどうしたのかと聞くと、友人たちに連れられていった場所で商売の女とばかり関係していたらしい。

つまりは、ひとりの女と、回数を重ねたことが、ないのだ。

何度も身体を重ねあわせ、お互いの快楽を深く探求していくという経験が初めての新太郎は、斗貴子に夢中になった。

一心不乱に自分を求め必要としてくれる新太郎を斗貴子も愛するようになった。

抱き合い、相手の感じることを探り、試し、快感を深めていく作業が楽しくてたまらなかった。

新太郎は大学を卒業してからはアルバイトをしながら司法試験の予備校に通い始めた。斗貴子は二十八歳の時に資材会社が倒産してそれからは派遣社員をしている。

「いつか一人前になったら、結婚しよう」

その「一人前」が、何を指すのかわからないけれど、信じていた。

身体を重ねて貪《むさぼ》りあう間は、恋人の言葉は全てが真実だった。

化粧は汗で流れている。日傘を差してはいるが、シミにならないか心配だ。

三十路《みそじ》を過ぎてから、「老い」というものを意識し始めるようになった。

まだまだ「若い女」のままではいられるけれど、二十代の女の無邪気に見せかけた無神経さを目の当《ま》たりにしたり、周りからの「結婚はまだなの？」という悪意がないからこそ不愉快な問いかけが増えたら、ああ、もうすぐ自分は若い女でいられなくなるのだということを考えずにはいられない。

しばらく歩いて小さな石の道標に「祇王寺《ぎおうじ》」と書いてあるのを見つけた。

道標に従い参道へ出る。この参道も木々で覆われて日陰になっていて涼しい。

正面には寺の入り口となる生垣が見える。「平家物語」に登場する、清盛に捨てられた白拍子・祇王が隠遁《いんとん》していた寺だ。

歴史が好きで、小説も好きな新太郎が、「平家物語」ゆかりの場所なんだよと、ここに連れてきてくれた。

小説家になりたいとか言ったり、本ばかり読んでると、嫌がったり呆《あき》れた顔する女の人、多いんだよね。何を夢みたいなこと言ってんの、なれるわけがないって、笑うやつもいるから、普段は口に出さないけれど——斗貴子さんにならなんでも話せる。

あなたは、僕のことをわかってくれてるから——そんな話もされた。

新太郎が、小説家になりたいという夢を捨てきれなかったことも、司法試験になかなか合格できない理由のひとつではなかったのだろうか。

新太郎の父親は大きな事務所を構える弁護士だった。祖父も弁護士で、祖父は一時期国会議員だったこともある名家だ。新太郎の叔父《おじ》も弁護士で、新太郎の姉は検察官だという。

新太郎の父も、そろそろ選挙に打って出るつもりで、だからこそ早く息子を弁護士にさせたがっていた。

小説家になりたいなんて、父親に話せるわけがないよ――新太郎は、よくそう言った。けれど「小説家になりたい」と言っても、具体的に作品を完成させて新人賞に応募するという経験もなかったようだ。

新太郎は忙しさのせいにしていたが、新太郎自身の中に小説家になどなれるわけがないという気持ちがあり、自信のなさが筆を進ませなかったのではないだろうか。

斗貴子も、内心では、小説家など食えるわけがないし、弁護士という社会的に認められた職業で堅実に生きてくれた方がいいと思ってはいた。

けれど小説家になりたいと語る新太郎の表情が好きだったから、一緒に嵯峨野を歩いて、物語の跡を辿ったのだ。それに「斗貴子さんだけは僕のことをわかってくれる」と言われることが、悦《よろこ》びだった。相手の一番の存在になること――それが自分の望んだ恋の形だった。

祇王寺の門はくぐらず、その左横の石段を斗貴子はのぼってゆく。

石の階段の先にある滝口寺は新太郎の好きな寺だ。

高山樗牛《たかやまちょぎゅう》という、斗貴子の知らない作家の「滝口入道」という本を貸してくれたことがあった。もともと小説に興味が無い斗貴子は、パラパラとめくり、難しすぎると思って、読まないまま返してしまったのだが、新太郎が大好きな小説だという話は何度か聞かされていた。

「平家物語」に出てくる悲恋の舞台がこのお寺だという。その話を描いたのが「滝口入道」という小説らしい。

祇王寺に比べ、こちらの寺に訪れる人は少ないが、それ故に保たれている静寂さを新太郎は好んでいた。

受付で拝観料を払い、石段をのぼる。そんなに長くない階段なのに、息が切れるのは暑さのせいだ。

小さな茅葺《かやぶき》の家があった。開放されていて畳の部屋が全て見える。本当に、小さくて、お寺という感じがしない。昔の民家のようだ。

靴を脱いで、斗貴子は畳の間にあがった。汗はしたたり続けているけれど、さきほどよりも暑さがマシになったように感じるのは、この場所の静けさと緑の美しさのせいに違いない。

目の前には夏の太陽を浴びた緑の光景が広がっている。竹林がこの身を隠すように謙虚に存在している寺を守るかのように囲んでいる。この静寂さと密《ひそや》かさを汚されないように、踏み荒らされないようにとばかりに。

縁側に座り、庭とその向こうにある竹林を眺める。風が頬にあたり、はじめて涼しさを感じた。

新太郎と来た時も、ここに並んで座った。

斗貴子さんをここに連れてきたかったんだと言われて、胸が熱くなった。

恋人の特別な場所に招かれるなんて、久しぶりのことだった。

並んで座る時は、いつも手を握り合っていた。触れた手から熱が全身に伝わる。抱き合っている時よりも、キスしている時よりも、身体が高ぶった。お寺という神聖な場所で体温を交わすことはいけないことだと思いつつ、だからこその高揚感があった。

滝口入道は、もとは武士で、横笛《よこぶえ》という女性を見初めて熱心に言いよった。気持ちは通じあったのだが、身分違いということで引き離され、彼女を思いきるためにこの寺で出家する。横笛は彼を追って嵯峨野に行くが修行の妨げになるからと会ってもらえず、後に嵐山の大堰川《おおいがわ》に身を投げたと伝えられている――そんな悲しい話ゆかりの場所だから、ここは寂しい。けれど、居心地がいいんだ――。

新太郎から聞いた滝口入道と横笛の話――当時は興味が無く、ちゃんと聞いていなかった。けれど、今となっては、思い出すことが増えた。

愛を誓い合った人と引き裂かれ、会えなくなった痛みで苦しい――それは他人事ではない。

愛する人と会えず、自ら死を選んだ横笛。

私だって、死んでしまいたいと考える夜がある。

自分たちが選択した別れなら、納得もできるだろう。けれど、そうではないのだから。

――僕、わからないから、どうやれば斗貴子さんが気持ちよくなるのか、教えて
恥ずかしそうにそんなことを言う年下の男が、この上なく愛《いと》おしかった。

今までの男たちは確かに巧みではあったかもしれないけれど、経験があるがゆえに「女はみんなこうだ」とばかりに技を披露するかのように動いていた。

他の誰でもない、斗貴子の身体をいちから知り、悦ばせようと若い男の努力する様が、嬉《うれ》しかった。

昔は、年上の男に導かれて身を委ねるのが心地よかったけれど、そこそこの経験を積んだ今となっては、男の勘違いにも気づくようになる。そこを見ないふりをして従うよりは、新しい快感をふたりで積み上げていく行為の方が楽しい。女をほとんど知らぬ男に、「教えて」いくことも。

高校生の時につきあっていた初めての男とはままごとのような関係だったが、二十歳を過ぎてからは自分より年上で、女に慣れている傲慢で器用な男たちばかりとつきあってきた。

そんな過去の男たちと違い、年下で真面目な新太郎は、まっすぐに斗貴子だけに全

てをかたむけてくれる。

——斗貴子さんみたいな綺麗《きれい》な足の人、見たことがないよ——

新太郎は、斗貴子の身体の中でも、特に足を称賛した。

新太郎が指を怪我した時に、手当をした斗貴子の足をちらちらと気にしていたのは、気のせいではなかったのだ。

——正直に言うと、最初会った時に、なんて足の綺麗な人だろうとびっくりした。それまではハイヒールを履いた女の人って、歩きにくそうだなぁ、痛そうだなぁ、どうしてそこまでしてあんな踵《かかと》の高い靴を履くんだろうって不思議だった。僕の姉なんか、足を絆創膏だらけにして履いてるから、みっともないんだよ。似あわないし。だから斗貴子さんと出会って、ああ、ハイヒールは、こういう人のためにあるんだって気づいた——

風呂に入ると、全身を石鹸《せっけん》まみれにした斗貴子の身体を洗ってくれる。

足はいつも一番最後に、好物を大事にとっておくかのように、柔らかなスポンジでこすり、洗浄した後、口をつけて舌で隅々まで愛でてくれる。

エステでの脱毛処理は、二十代半ばで済ませてある。ただのOLである自分にはそこそこ無理した金額だったが、その価値はあったのだ。

足を愛されると、まるで新太郎が自分に従属している気分になれる。

SMプレイなど興味がないし、試したこともないけれど、こうして跪《ひざまず》くように自分の足にすがり口をつける新太郎を眺めると、自分が女王様になり、目の前の男の全てを支配し、崇《あが》められている感じに、背筋がゾクゾクとした。

この男は、私の心だけではなく、肉体までも愛《め》でて崇めてくれるのだ。こんなにわかりやすい形で。それは愛という言葉でしか言い表せないではないか。

今までSMプレイなんて理解できないし、自分とは縁のない変態性欲の人間たちだけがするものだと思っていたが、きっと、あの一見異常な行為も、今自分が酔っている感覚の延長線上にあるものなのだ。

——斗貴子さんの足をさわってると、興奮するんだ——

ソファーに下着姿で身体を沈めていた斗貴子の足を、床に座った新太郎が撫でまわしていた時、ふと、凶暴な衝動にかられた斗貴子は足の裏を下着の上から新太郎の股間にそっと添え、軽く押してみた。

——うわっ！　何これっ!!——

新太郎が、身体をのけ反らせた。

——だって足に興奮するって、言うから——

——すごいよ、すごいよ、斗貴子さんの足が僕の——を踏んでる——

斗貴子は少し重心を傾けて、既に硬くなっている新太郎の股間を足で踏みつける。

——……感じてるの、足で踏まれて——

——はぁ、はぁ、すごいよ……斗貴子さんの足——

確かに新太郎の股間が、今までにないほどに張っているのを斗貴子は足の裏の硬い皮膚で感じていた。

びくんびくんと新太郎の血管が脈打つ感覚が味わえる。

——私のこと、好き？——

——大好き、愛してる。だって、足でこんなことされただけで、もう……イきそうになってるぐらい——

斗貴子は、ぐっとアクセルを踏み込むように力を入れた。

ぁあっ!!　と叫んで、新太郎が身体を痙攣《けいれん》させる。

足の裏に生温かい感触が広がった。

——ああ……斗貴子さん……好き——

足に力を少し加えるだけで——自分に屈服する男がいるのだ。

なんて可愛い、男。

私の男——新太郎。

こんなこと、誰にも言えない、友達にも言えない。私たちだけの秘密だ。

けれど誰にも言えないことというのは、それだけ特別なことなのだ。私たちは、他人には理解できない、うかがい知れないであろう、特別な悦びを知っている。だから、私たちの世界には、第三者が入ることなど、不可能だ。

そんなふたりだけの特別な世界が、確かに存在していたはずなのに。

滝口寺のお堂の縁側で目をつぶり、新太郎と過ごした日々の記憶をよみがえらせると、いつしか涙がこぼれていた。

人がいないから、このまま泣いていられる。私は泣きたかったのだ、ひとりになって。

「ちょっと変な雰囲気なんだ」

と、新太郎が漏らしたのはつきあいはじめて四年が過ぎた頃だった。

「今まではこうして泊まりにいくこととか、お前も大人なんだからって許してもらってたんだけど……」

その日もふたりで絡み合い、布団の中で裸のままで寄り添っている時に、ふと新太郎が言いだしたのだ。

「家の人に、何か言われたの？」

「何かってほどじゃないけどね……なんとなく、父親も母親も今日、僕が家を出る時に渋そうな顔して……姉には露骨に言われたかな、色ボケだから司法試験受かんないのよって」

斗貴子は言葉を失った。

今まで、週に三度は新太郎は斗貴子の家に泊まりに来ていたから、当然、自分たちのことは親は好意的なのだと信じて疑わなかったのだ。

まさか司法試験の失敗が自分のせいにされているとは心外だった。

結婚はいつかしたいとふたりで話してはいたが、まず司法試験に合格してからの話だから、まだその段階ではないと自分に言い聞かせていた。

けれど正直、斗貴子の方も少し焦っていたのだ。

三十路になり、周りが次々に結婚してゆくのを眺めていると、不安にならないはずがない。派遣という安定しない身分のままでいられるのも、新太郎と結婚する約束があるからだ。

それなのに、当の新太郎自身に焦っている様子はなかった。落ちる度にまたダメだったよ、来年も頑張るよ、とうす笑いを浮かべて報告される。やっぱり僕は小説家の道に行けってことなのかな——そう言いつつも、具体的に何か動いている様子も相変わらずない。

その余裕は新太郎の育ちの良さから来るものだと思っていた。

「変な空気」の話があった一か月後に、斗貴子の家に行くことを親に止められたと新太郎に告げられた。

「行くなって言われたけど、出てきちゃったよ。だって斗貴子に会いたいんだもん」

それもまた、笑顔で軽く報告され、抱きついてこられたけれど——斗貴子にとっては深刻な出来事だ。

不安が胸をよぎったが、愛し合っているのだから大丈夫だと唱える。

会うと、相変わらず新太郎は斗貴子の身体ごと愛してくれて、貪っている。

けれど、また、翌年も新太郎は司法試験に落ちた。

結婚が更に遠のいた——斗貴子は電話で報告されながら気づかれないようにため息を吐《つ》いた。

その後、三回、新太郎は部屋を訪れた。

夢を見てもこれからどうするの、私ももう若くないんだから——その言葉を斗貴子は口にしないように我慢した。来年、頑張るよ。ダメなら小説家を目指す——また笑いながら、軽く、そう言われることが、怖かったのだ。

「ごめん、斗貴子に会えなくなった。父親も母親も姉も、本気で怒ってるみたい。ごめんね」

そんなメールが、ある日いきなり来ておどろいた。

それからは、電話をしても出てくれない。メールの返事も、ない。斗貴子は一日に何度も電話して、メールも送り続けた。とにかく、一度会って話をしたいと、このままじゃわけがわからないままだ。

そのうちに着信拒否された。

信じられなかった。

だって、好きだって、愛してるって、結婚しようって言ってたじゃない。斗貴子とは一生離れられないよって、いつも言ってたじゃない。あれだけ私を求めて貪《むさぼ》っていたじゃない。それが、どうして、こんな卑怯《ひきょう》な逃げるようなやり方ができるのだろう。

斗貴子は物が食べられなくなり、痩せはじめた。

眠れないので顔色が悪いと同僚に心配されもした。友人たちに話すと、みんな「ひどいよ、それ」と同情してくれた。

けれど、「やっぱり彼はお坊ちゃんで親に逆らえないんだよ、だから諦めた方がいいよ」とも言われ、それ以来、友人に泣きつくのもやめた。自分たちの「特別な関係」を、他人が理解できるわけがないのだ。離れられることなど、できないのだ。心だけじゃなく、身体も、ふたりで築き上げたものがあるのだから。諦めるなんて簡単に言われたくなかった。

意を決して、会社を休んで新太郎の通っていた予備校に行くことにした。とにかく一日、学校の玄関の前で張っていれば会えるだろう。

思いたった翌日には、朝から晩まで、門の傍に立っていた。警備員は不審そうにこちらをちらちら眺めていた。

その日は新太郎の姿は見つけられなかった。もしかして、二度ほどトイレに行きたくてその場を離れた時に通ったのかもしれないと悔しくなった。

次の日も門の傍に立ったが新太郎は現れない。

新太郎の父親から手紙が届いたのはその翌々日のことだ。父親ではなく代理人弁護士としてと、記されてあった。

斗貴子との交際が新太郎の司法試験勉強の妨げになるとのこと、新太郎自身も勉強に集中するために、斗貴子と別れることを望んでいるとのこと、今後、学校に来るなどの行為は止めていただきたい、金銭を要求するなら一度、話し合いの場を持ちたい――などと、淡々と書かれてある。

血の気が引いて、寒気がして身体が震えた。

なんて勝手で一方的な言い分なんだろう。何年間も愛し合って結婚の約束までしたのに――それならば結婚を約束していたのに一方的に破棄されたこちらは、どうなるんだ。

しかも金銭って――お金を要求するような女だと思われているのだ。

お金に換えられるようなつきあいではなかったはずだ。真剣に愛し合っていた、それは新太郎も同じではないのか。恋愛などという個人的なことに、こうして弁護士を介入させるなんて無粋だし、たとえ父親であろうと第三者に私たちのことなんかわかるわけがないじゃないか。

新太郎が何を考えているのかが、これじゃわからない。新太郎自身も別れることを望んでいると書いてあったが、そんなはずがない。親に無理やり書かされたに決まってる。それにしてもこの高圧的な内容はひどい。向こうが自分たちの要求を並べているだけだ。

何度も何度も、この部屋でセックスした。数えきれないぐらいに。愛してるって、好きだって言葉を何度並べられたことだろう。新太郎は斗貴子の足に口をつけて、「もう斗貴子がいないと生きていけない」と酩酊《めいてい》したような表情を何度浮かべたことだろう。

会って本音を聞きたい――それしか解決策はない。

手紙をもらった翌日も学校に行ったが、やはり新太郎の姿はない。

私がここに来ていることを知った新太郎の父親が、彼を休ませているのかもしれない――それならば家の近くに行くしかないと斗貴子は決意した。

派遣先に電話をして休みたい旨を話すと、「だから派遣の人は困るんですよね。責任感ないから」と嫌味を言われたが仕方がない。もう今月に入ってから何度も休んでいる。風邪だと言い訳をしているが、信じられてはいないだろう。クビになるかもしれないけど、かまわない。自分の将来に関わることの方が、大切なのだ。

新太郎の家は京都の北東の北白川《きたしらかわ》というところにあった。昔は貴族たちが別荘を構えていたところらしいが、今でも高級住宅街で立派な家が軒を並べている。

京都は景観を守るために高層マンションは建てられないこともあり、裕福な人間たちは豊かさが窺える立派な家を持っていることが多い。新太郎の実家もマンションではなく一軒家であるということが、好都合だった。

斗貴子は念入りに化粧をほどこす。長い髪の毛は今日もトリートメントしてさらさらにしている。学校の門前に立つ時は時間が長かったのでヒールのある靴はキツいとパンプスだったが、今日は新太郎と一緒に少ししゃれた飲み屋に行く時によく履いていた深緑のヒールの靴だ。

新太郎が似合うと喜んだ、ハイヒール。新太郎が大好きな足を美しく見せてくれる靴。

短めのスカートから出た足は、前の日にお風呂で丁寧にマッサージをしてむくみをとった。

住所を辿り、新太郎の家はすぐに見つかった。今はネットでどんなことでも調べられる。名のある政治家や弁護士の家なら、なおさらだ。

家と家の間に隠れながら玄関を見張っていたが、人が出入りしている気配はない。そのうちに暑くて汗がだらだらとしたたりおちてきて、せっかく塗った化粧もとれかけてきた。

──なんで私、ここまでしなきゃいけないんだろう。

京都の夏は、特別暑いのに、こうして外で待っていなきゃいけないなんて──倒れてしまいそうだ。いっそ倒れてやろうか、家の前で、日射病になって。そうすれば、新太郎も出てきてくれるかもしれない──そんな考えもよぎる。

二時間ほどいると、暑さで身体が限界に近づいた。意識が遠のいて、本当に倒れそうになる。もう、帰るしかないか──と諦めかけた時に、二階の道路の面している部屋の窓辺に人影が見えた。

──新太郎──。

斗貴子は駆け出して、窓に向かって大声を張り上げた。

「新太郎!!　私よ!!　私っ！」

窓の向こうの顔が、一瞬驚愕《きょうがく》の表情になり、次に脅えを浮かべる。

「新太郎！　ねぇ！　こっち来て話してよ！　わかんないよ！　あなたと話したいの！」

人影は隠れたが、聞こえるようにと斗貴子は大声を張り上げた。

「直接話さなきゃわかんないよ！　ねぇ！　本当のこと言って！　お願い！」

斗貴子の声が思いのほかよく通るせいか、向かい側や隣の家の窓が開いて、こちらを見ている。

「お帰りください」

新太郎の家の玄関扉が開いて、女が出てきた。

五十歳位か、化粧っ気がないので老けて見える。母親か――。

もっと身なりをきちんとしている上品な女を想像していたのに、そこにいるのはよれよれのTシャツとウエストゴムのスカートを穿《は》いて、髪をひっつめたどこにでもいる中年女だった。

「お帰りください、息子はあなたには会わへんって言うてます」

「なんでなの？　恋人なんですよ、結婚の約束してたのを、あなた達が無理やり別れさせようとしているんじゃない、そんなの信じない。ねぇ、新太郎に会わせてくださいよ」

女は動じず、扉から上半身だけ出してこちらをじっと見ている。

柵に阻まれてはいたが、無理やり中に入ってやりたかった。

それを察したのか、新太郎の母親が強い口調で再び口を開く。

「そこを越えられると、不法侵入で訴えますよ。お帰りください、さもないと警察を呼びます。また改めて主人の方から連絡をいたしますから」

騒ぎを聞きつけたのか、近所の人達が外に出てきて女と斗貴子のやり取りをおそるおそるながら好奇心で楽しげに眺めている。

怒りと戸惑いで身体が震えていた。どうして、どうして、新太郎は出てこないのか——恋人がこんな辱《はずかし》めを受けて、まるで悪者扱いされているのに——。

見世物扱いされているのに、どうして新太郎は私をかばってくれないのか。

「警察呼びますよ、本気で」

睨みつけても、女は揺るがなかった。

こんな時なのに新太郎は母親に似ていると気づく。丸い、人のよさそうな顔。

恋人に似た顔の女の目は吊り上がり、自分を憎んでいることにも気づく。

どうして私は、この女から、こんなに憎まれなければいけないのだ。

「あなたね——これ」

女は手にした封筒を、斗貴子の目の前にかざす。

「こんな写真撮らせる女が、何を言おうと信用できるわけないでしょう」

勝ち誇った顔で、女は封筒の中から、数枚の写真を取り出し、斗貴子のほうに向けた。

覚えは、あった。

斗貴子の足に踏まれて恍惚《こうこつ》の表情を浮かべる新太郎、上半身はTシャツを身に着けて下半身は何もつけていない斗貴子の腰から下を撮ったもの、新太郎の股間に足の裏を添える写真は、寝ころびながら新太郎自身が撮ったものだ。

どれもこれもすべて、新太郎に乞われて撮らせた写真だ——どうして。

「はしたない」

女は吐き捨てるように言いながら、写真を封筒に戻した。

「熱心に勉強してると思って部屋を覗いたら、あの子はパソコンでこんなものを見てたんですよ。いい歳して、恥ずかしくないんですか？　三十歳って、いい大人やのに。結婚して子供産んでも当たり前の年齢で、世間知らずのうちの子をこんなふうに弄《もてあそ》んでみっともないと思わへんの？　誤解せんように言うておきますけど、あなたが年上だろうが何だろうか、ちゃんとしたおつきあいやったら反対はせんこともないです。そやけど、こんなもん撮らせる女と関わって、いつまでも司法試験受からんままで、怒らん親はいないでしょ」

違う、その写真は——新太郎が撮ってもいいかと聞いてきたのだ——自分が撮らせたわけではない——その言葉をはさむ暇もなく、女はまくしたてる。

「この写真を見つけた時、どんだけ悲しかったか。これ以上、うちの子につきまとうと、警察だけやない、あなたの親にもこの写真を送りますよ。お宅のええ歳した娘さんが、うちの子を足で踏んだりしてます、って」

新太郎に乞われたから、踏んだだけだ、足をさわらせたのだ――そう言い返すべきなのだろうか。

「ほんまに警察呼びますよ。あなたがどう言い訳しようが、この写真がすべての証拠になるでしょ。あなたはうちの子をこうして踏みつけてるような頭のおかしい、はしたない女ってことの」

斗貴子は無言でうつむき身をひるがえした。

反論はしたいが、どういえば伝わるのか、わからない。ふたりだけの「特別」な行為を、第三者に説明する手段がない。

自分の家に帰る道すがら、はじめて涙が出てきた。どうして私がこんな目に遭わなきゃいけないのか。

電車の中で他人に見られていても、泣くことはやめられない。

私は今、ものすごくみじめな存在だ、どうして。年齢のことや、親のことを出されたことに何よりも傷ついた。確かにあの女のいうとおり、どんな言い訳をしても、あの写真を見れば自分の親も悲しむだろう。若気の至りで済まされる年齢じゃないことも自覚している。

死にたくなった。

万が一、新太郎の親があんな写真を自分の親に見せたら、生きてはいけない。ふたりだけの「特別」な写真を親に見つかってそのまま渡してしまうという新太郎の迂闊《うかつ》さも情けなくてたまらなかった。あんな写真を人に見られては、自分はいいけれど、斗貴子のほうが立場が悪くなるということが、わからないのだろうか。

翌々日に速達で新太郎の父親名義で届けられた手紙には、以前のものより低姿勢になっており、もし結婚という言葉が出ていたのならば、お詫びのかわりに慰謝料を払うとあった。けれど、もう二度と息子には会わないように、家にも学校にも来ないと一筆書いて欲しい、と。

手紙は破ってゴミ箱に入れた。放っておくしかない。お金なんて受け取ったら、そこで終わってしまうんだもの。

時間が経てば、新太郎だって変わるかもしれない。やっぱり私のことが好きだと、一緒になりたいと、来てくれるかも――そう望みをかけるしか、できない。

時間にしか、解決できないことなのだ――そうして、斗貴子は真夏にひとりで過ごす週末を、新太郎とかつて歩いた場所を巡り、「祈る」ことでやりすごすことに決めた。

滝口寺の縁側に座り、竹林を眺めながら新太郎とのことを思い出していると、あっという間に一時間が過ぎてしまった。

そろそろ帰ろうかと、腰をあげる。

新太郎の家を訪ねてから、一か月が経とうとしている。

外に出ると敵意があるかのような日差しに晒《さら》され、剥き出しの二の腕が痛い。

こうして恋人と歩いた場所を週末ごとに辿っているのは、傷口を広げている気もするけれど、家にひとりでいたくはないのだ。

お堂を出て、庭を見ようと竹林の方へ行く。

鮮やかな緑がすっくと伸びた竹林の隙間から零《こぼ》れる陽が眩しくて目が痛い。

今の自分には日の光も痛いだけのものでしかない。

大きく息を吸い込んで、深呼吸する。

私は間違ったことなんて、していない。

警察を呼ぶとか、お金を払うとか、まるでこちらが犯罪者みたいだ。そんなのおかしい。あの写真だって、誤解なのだ。

弁護士になんかならなくてもいい、小説家が新太郎の夢だったはずじゃないか。小説家なんて大変だろうけれど、新太郎と一緒にいられるのならば、私が働いて養うことだってできる。

私を憎む、あの親のもとを離れることが、今、新太郎のするべきことだとは思うがそれを伝える術がない。

滝口寺を出て、祇王寺の門の前を通り参道の坂道をおりて広めの道に戻る。

うしろで若い女のはしゃいだ声が聞こえる。甲高《かんだか》い声、きっと恋人といて気持ちが高ぶっているのだろう、自分にも覚えがある。無意識のつもりでも、男といる時は声が変わってしまう。

声の主らしき女と腕を組んだ男の、ふたり連れが斗貴子を追い越した。

「小さくて人がいないから静かでいいお寺なんだ――」

覚えのある声が前から聞こえてきて、斗貴子はハッとする。

「なんて寺だっけ」

「滝口寺」

目の前を早足で歩く若い男女のうしろ姿に向かい、斗貴子は叫んだ。

「新太郎！」

その声に、男女が振り向いた。髪を肩のところでそろえた随分若い女だ。そして男はやっぱり新太郎だ。

なんてことだろう、あんなに学校で待ち伏せしたり家に行っても会えなかったのに、こんなところで偶然、会うことができるなんて。

これは、さきほどの野宮神社の縁結びの神様がもたらしてくれた再会なのだろうか。会いたいと、新太郎に会わせてくださいとの祈りを――。

でも、望んでいないのは、この隣にいる女だ。

若いけれど美しくもない、足もジーンズで覆い隠している、女。

新太郎はさっと顔色を変え、脅《おび》えた表情を隠さない。隣にいる女は立ち止まり不思議そうな顔をしてこちらを眺めている。

胸のふくらみも薄く、化粧もわざとらしいぐらい薄く、そばかすが見えている、女。

そのへんによくいる、つまんない女。布の小さなリュックを背負い、身体の線をごまかす大き目のTシャツを着ている女。

「新ちゃん、誰なん？　知り合い？」

「……」

新太郎は口を動かしてはいるが言葉が出てこない様子だ。

「新太郎、なんで会ってくれないの――」

声が震えているのが、自分でわかる。空気を揺らすような声で、斗貴子は話しかける。

そうして、ゆっくりと新太郎に近づこうとした。距離を縮めてゆく。

やっと会えた――さっき祈った縁結びの神様がこうして会わせてくれたんだ――邪

魔な女がそこにいるとしても——会えた。

「近づかないで」

新太郎が斗貴子以上に震えた声を発した。

「新太郎——」

「君がやってることは、ストーカー行為だ。近づくと、訴える」

新太郎の顔は青ざめ、脅えた表情だ。

「何言ってるの、新太郎」

「ダメだよ、来ちゃダメ」

隣の女がわけがわからないという表情をしている。

「ストーカーが待ち伏せなんかするから学校にも行けない——ちゃんとパパが手紙出したじゃないか——」

「父親じゃなくて、あなたと話さないと、これは私たちふたりの問題じゃないの」

「違うんだよ、違うんだよ」

新太郎は泣きそうな表情を浮かべている。

「近づかないで——訴えるよ——」

斗貴子は情けない恋人の姿を見て、次第に自分の方が冷静になっていくのがわかった。

「訴えるよ、それ以上——」

隣の女は異常を察したのか、早く行こうと新太郎の服の袖を引っ張っている。

「パパを呼ぶよ——それ以上近づいたら」

新太郎が震える手でポケットから携帯電話を取り出した。

あの時と同じだ。新太郎の母親が、「警察を呼ぶ」とこちらを睨《にら》みつけた時と——。

どうしてこの親子は、そうして力のある者にすぐに頼ろうとするのだろう——私のことが、そんなに、怖いのか。

斗貴子は立ち尽くしていた。

女に袖を引かれた新太郎は、走るように急いでその場を立ち去った。

あんなに会いたかった恋人と再会することができたのに、何故か、追う気がしなかった。


翌日に、また新太郎の父親名義で手紙がきた。

これ以上、息子に近づかないで欲しい。慰謝料を要求するなら相談に応じる、と。

今度はその手紙を捨てなかった。返事も書いた。

「一度だけ、新太郎と会わせてください。それで最後にします。本人の口から聞けば、納得します」

——願わくば、セックスさせてください、そうすれば、彼の心は私のところに戻りますから——そこまでは、書かなかったけれども。

すぐに、新太郎本人から手紙が来た。

会いましょう、と。

待ち合わせ場所はホテルのラウンジだった。こんな畏《かしこ》まったところで会うのははじめてだ。

本当は部屋に招きたかったが、そうもいかない。きっと新太郎の親が承知しないだろう。

部屋で会って、セックスしたかった。セックスすれば、全ては解決するはずだ。

ふたりの特別な世界を、取り戻すためにも、するべきだ。斗貴子には新太郎しかいない、新太郎には斗貴子しかいない——そのことを思い出させるためには、セックスしかないのだから。

ここで会って、もし新太郎が承知したなら、部屋に誘うつもりだった。

必要以上に深く身体が沈むソファーに腰を掛けていると、新太郎がひとりで現れた。

おどおどした表情を隠そうともしない——私を怖がっているのか。

だとしたら、馬鹿馬鹿しい。

新太郎はきょろきょろと辺りを見渡しながら、斗貴子の向かい側のソファーに腰を浅く沈める。

「会いたかったんだから」

斗貴子は一番言いたかった言葉を告げる。

新太郎はこくりとこちらの目を見ずに頷《うなず》いた。頷くということは、自分もそうだと言う意味なのだろうか。

痩せたみたいだ、こんなに小柄な男だったのだろうか。こんなにおどおどと挙動不審な男だったのだろうか。

どうして彼は脅えているのだろう、私に。なぜ結婚しようと誓い合った恋人を、何度も抱き合った恋人を前にして、目を合わさないのだろう。

「なんで、急に会ってくれなくなったの。あんなやり方、ないでしょう」

斗貴子は年上の女の余裕を取り戻そうとした。

ここで腹を立てて、感情的になってはいけない。とにかく穏やかな形で、部屋に連れていかなければ。

「……司法試験落ちるのは、お前が女に呆《ほう》けてるせいだって、言われたから」

小さな声で新太郎は答える。

「誰に」

「パパとママ……」

斗貴子は大きく息を吐く。パパと、ママか。

私の前では、今まで両親をそんな呼び方したことはなかったのに。

「あの写真のせいなの？」

「うん……」

「ちゃんとそれを話してくれないと、こちらの気持ちがおさまらないでしょ」

新太郎は、悪いことをして怒られた子供のように、俯《うつむ》いた。

「こわかった」

「え……」

「パパとママの言うとおりだって、気付いたから。斗貴子といると楽しくて、気持ちよくて——他のことが何もできなくなる——このままじゃダメになるって言われて、自分でもそうだって思った」

「——ダメにならないかもしれないじゃない」

斗貴子は子供に言い聞かせるように声を発した。

「応援するから、私も。ふたりで協力して——」

「ダメだ、僕は、そんなに上手いことやれないんだ、不器用だから」

不器用という言葉は、ズルさを正当化するために使われるのだと、斗貴子は思った。

違う、そうじゃない。あなたは親の言いなりになった方が楽だと思っただけだ、と言いたかったが、目の前の脅えた子供に、通じはしないだろう。

「私のこと、ストーカーとか、ひどいじゃない」

「ごめん……」

「あなたのパパとママには、全部私のせいみたいにされてるのかもね」

新太郎は答えない。都合が悪くなったら、こうして黙るのも子供じみている。

「あの時に、一緒にいた娘《こ》は、誰」

「幼馴染《なじみ》だよ」

「私と会っちゃダメだけど、あの娘とならいいのね」

新太郎は黙り込む。

「あの娘は、そんなんじゃないから――」

ぼそっとつぶやいた。斗貴子の頭に血が上る。

「そんなんじゃないって、何？　セックスしてないの？　してるの？　してても、私みたいに、よくないんだ。はまらない程度なんだ、そんなつまんない娘とデートしてるんだ。お勉強の支障にならない程度の、淡泊なセックスしかできない娘なんだ」

「そうじゃなくて――彼女はそういう」

「何なの。私みたいに可愛い息子をたぶらかす年上の女じゃないから大丈夫って、あなたのパパとママは言ってるの？　恥かしくないの、いい歳して」

「……あのね、僕は——斗貴子のこと、好きだったんだよ。本当に、好きで、はじめてのこといっぱい経験して、斗貴子が僕の全てで——だから勉強を一番に、できなかった。両親に言われて、ああ、そうだなって思ったんだよ。斗貴子といる時は楽しくて……気持ち良過ぎて……だけど、それは何も生み出さないだろうって、言われて」

この男は、そんなことまで親に話したのか。女とのセックスが気持ちが良くてたまらない——なんて、ことまで。

普通なら、恥ずかしくて親になんて口に出せないことのはずだ。一人前の大人なら。

そうなのだ、大人じゃないのだ、子供なのだ、この男は。

そして子供だからこそ、自分はこの男を、可愛がって、楽しめたのだ。

「斗貴子のことは好きだけど、将来が、見えない」

何をもっともらしいことを言っているのだろうか、私が存在していようがいなかろうが、将来など、あなたは見ようとしないじゃないか。

親が決めた弁護士への道を歩みながら、本腰を入れることもせず、小説家になりたいと言いながら書こうともせず——それを私のせいに、するのか。

「私の、せいなの？　あなたの将来が、見えないのは」

「……」

「そんなわけないじゃない。あなたがだらしなくて、人に頼りっぱなしのせいよ」

斗貴子は言葉に怒りを込めながらも、自分がだんだん余裕を取り戻してきたことに気付いた。

うんざりしてしまえばいい、私は。もっと、この男に。

とことんまでこの男の嫌なところやみっともないところを見たい——。

男が、自分に跪《ひざまづ》いて、足にかしずいた時に、身体をふるわした感覚が、むくむくと甦る。

貶《おとし》めてしまえばいい、この男を。

この男は、そうされるのが好きなのだから。

テーブルの下で、斗貴子はヒールを脱いだ。薄いストッキングに包まれた足、新太郎が「綺麗だ」と、何度も抱いて口をつけた足。

ためらいなく、足を伸ばす。新太郎の両足の間に。

——あなたが一番気持ちのいいことを、してあげる。

新太郎はいつものジーンズではなく、薄手のコットンパンツを穿いているから、直に感触が伝わるだろう。

足のつま先が触れると、新太郎の身体がびくっと動いた。うつむいたまま、こちらを見ない。

「……ダメだってば、誰かに見られる……」

「ここは大丈夫よ――でも顔をあげて、平気なふりをしなさいよ、どうせあなたのパパかママがどこかから見張ってるんでしょ」

今にも助けを呼びたそうな新太郎のそぶりから、身内が傍で見張っていることは気付いていた。

斗貴子は足の指を躍らせるように動かす。たちまちに、新太郎の足の間のものが硬くなる感触がある。

「……いけないよ……」

「どうして？　いつもこうされるの好きだったじゃない、斗貴子の足、綺麗だって、舐めて、足でさわられると興奮してたよね。ねぇ、あの娘はこんなことしてくれた？してくれないでしょ？　きっとあなたが要求すると、変態呼ばわりされるわよ。つまんない、セックス、勉強の支障にならないようなセックスしかできない娘なんだから」

「やめて――」

新太郎が顔をあげた。

今日はじめて、新太郎の目を見た。

泣きそうな、目、そう、これは気持ちがよくて歯止めが利かなくて、達してしまいそうな時の顔――懐かしい、顔。この顔を見ると、震えたものだ――快感で。

自分に従属して、全てを捧げようとする、男の顔。

斗貴子の中でここに来るまでにあった新太郎への愛おしさよりも、嗜虐的《しぎゃくてき》な気持ちが高まる。怒りのまじった、残酷な復讐心《ふくしゅうしん》が。

もう一方の足も靴を脱ぎ、新太郎の足の甲に乗せてさすする。

「だめだってば」

新太郎が必死で声を抑えている。

言葉とはうらはらに、斗貴子の足の裏にあるものは確かにさきほどより膨張《ぼうちょう》している。

あなたの気持ちのいいところは、私が全部知ってるんだから、どこをどうしたら感じるのかも――。

斗貴子は平然とした顔をして、足を動かす。

親指と人差し指で男のものを挟みこむようにして上下に動かした。

「ぁあっ!!」

新太郎が大声をあげた。

ホテルのラウンジにいる人たちが、一斉に身を乗り出してこちらを見た。ロビーの方からこちらの様子を窺う人間もいる――新太郎の、父親か。

「出ちゃったみたいね、臭いわよ」

斗貴子は素早く何ごともなかったかのように足を戻してヒールを履いて、立ち上がる。

「濡れたパンツはママに替えてもらえば」

そう言って、バッグを手にした。

新太郎は、肩を上下して、うなだれている。息が荒い。

斗貴子は伝票を手にして席を立つ。

恋人に、さよならと告げかけたけれど、やめた。

さよならなんて綺麗な言葉は、自己満足にしかならないじゃないか。

伝票をレジに持っていくと、新太郎の父親らしき男が近づいてくるのが見えた。

「私が――」

財布を出されたが、千円札を置いて、無視して立ち去る。

うしろから呼びかけられたような気がしたが、聞こえないふりをした。履きなれたハイヒールの音で、自分を追う声を消す。

ハイヒールの中の足の裏には、男の硬さと生温かい感触が残っていた。

斗貴子はホテルのロビーを出た。もう誰も追ってこない。

新太郎は股間をべっとりと濡らした状態を、父親にどう弁解するのだろうか。淡い色のコットンパンツの中に放出された精液は、ごまかし切れるだろうか。

想像するとおかしくてたまらなくなった。別れたいはずの女の足で、こんな公共の場所で、射精してしまったことを、どう言い訳するのだろうか。尿をもらすより恥ずかしいではないか。

足には新太郎の感触が残ったままだ。硬く張った感触も、力を失い柔らかくなった感触も。

きっと私はこの感触を忘れない、新太郎自身も、これから先の人生で忘れはしないだろう。

私のことを忘れても、私の足の感触は、これで、忘れられないに違いない。

私はこれで完全に、あの男の身体も心も支配できたのだ。あの男を従属させたのだという勝利の感覚があった。

だから、別れてあげる。

もう、あなたに会えないから死にたいなんて、思わない。

死んでたまるか——あんな生き物のために。

口ではどんなに立派なことを言ったって、所詮、射精という情けない姿を晒さざるをえない男なんて生き物のために。

女は、男のことなんかで死んじゃいけない——。

斗貴子は今度ははっきりと、そう口に出した。

第三話　想夫恋《そうふれん》――清閑寺《せいかんじ》

清閑寺

京都東山にある天台宗の寺院。高倉天皇の寵姫《ちょうき》・小督局《こごうのつぼね》は、天皇の中宮・徳子《とくこ》の父の平清盛《たいらのきよもり》の怒りにふれ宮中から追い出される。嵐山に隠れ住んでいたのを天皇の腹心である源仲国《みなもとのなかくに》に見つかり連れ戻されるが、再び清盛により引き離され清閑寺で出家させられる。高倉天皇が没したのち、その遺言に従いここに葬られ、小督がその墓を守り続け亡くなったと伝えられ、小督の墓と言われている宝篋《ほうきょう》印塔《いんとう》がある。

目の前の一枚の紙は想像していたよりも薄く軽い。

あたりまえだ、ただの紙だ。

けれど、この紙一枚で、人の人生が変わってしまうのだ。永遠を誓った絆《きずな》が断ち切られてしまうのだ。

なんて重い任務を背負った紙なんだろう。そのくせこんなに軽くてそっけないことが不思議だ。

「離婚届、やて」

琴香《ことか》はその紙を指で挟んでひらひら泳がせる。他人事《ひとごと》だとしか思えないのだ、たとえそこに自分の夫の名前が書いてあろうとも。

実家に行って帰ってきたら机の上に置いてあった。

「琴香へ。

別れてください、他に好きな人ができました。慰謝料等、できる限りのことはするつもりです」

そんなメモとともに。

その紙は、まるでいつもの「今日は会社の人と飲みに行くから夕飯いりません。そんな遅くはならないと思うけど先に寝てていいよ」なんて伝言と同じようにそこにある。

夫は出て行ってしまったのだろうかと部屋を見渡すが、服も靴もそのままだし、いつもと変わらぬ様子だ。

夕食はどうしたらいいんだろう。いつものように、ふたり分作るつもりで、帰りにスーパーに寄ってきてしまった。鰆《さわら》を焼いて、きのこの炊き込みご飯と、ほうれん草のお浸しに、秋茄子《なす》の味噌汁《みそしる》。

離婚届が置いてある以外は、いつもと変わらぬ家だ。京都駅から少し北西に行った五階建てマンションの三階の3LDKの夫婦ふたり暮らし。新築だからなのか、自分たちのように若い夫婦が多く住んでいる様子だ。

三部屋と言ってもひとつひとつの部屋が大きくないので、そんなに高くはなかった。部屋が狭くても、子供ができた時のためにと、親が部屋数の多い間取りを勧めたのだ。

南向きの窓からは京都タワーが見える。

この場所に決めたのは琴香の実家が近いのと、夫の職場へもバス一本で行けるからだ。

ベランダには夫の下着も干したままだ。好きな映画のDVDもそのままリビングの棚に置いてある。会社に着ていくスーツも、ハンガーにかけてある、いつもの我が家だ。

こんな短い手紙じゃ、わかんない。どういうつもりなのか、どうすればいいのか。昔からそうだ。夫はいつも言葉が足りない、肝心なことを言わない。

夫が帰ってくるのを待つしかないなと、琴香は米を研ぎ始めた。

今日は仕事が休みだから、近くのバッティングセンターにでも行っているのだろうか。

それにしても、唐突で、冗談だとしか思えない。

しかし冗談ならば、質《たち》が悪すぎる。

「えらいことや」

琴香のつぶやきは水道の水音でかき消された。

夕方六時ちょうどに夫の龍助《りゅうすけ》が帰宅した。

「ただいま」と、いつもとかわらぬ声で。

「お帰り、どこ行ってたん？」

「ちょっと、散歩」

「ご飯、七時頃でええかな」

「うん」

龍助はそのまま台所とつながっているリビングのソファーに腰を落として、欠伸《あくび》をする。

そういえばこのグリーンのソファーも、結婚した時に買ったものに穴が開いたからと、一か月前にふたりで大型家具店に行った時に龍助が気に入って購入したものだ。デザインは良いが、そう大きくないので、ここにふたりで座るとどうしても身体《からだ》が触れ合ってしまう。

このソファーを購入した時点ではまさか離婚なんて、ふたりの生活には存在しない言葉だったはずなのに。

「今日は鰆を焼くんや、龍ちゃん好きやろって思って」

「ありがと。そこに置いておいたの、見てくれた？」

「これ？」

琴香がひらひらと離婚届を手にして龍助の前に翳《かざ》す。

「なんなん、これ。どういうことなん、いきなり。びっくりするやん」

「そのまんまの意味」

「はい、わかりましたなんて、簡単に言えるわけないやん」

「わかってる。でも遠回しに言うとややこしいかなと思って、ストレートに話を持っていこうとしてるんだけど」

「いきなりこんなん、わけわからへんわ。とりあえずご飯食べてからにしようか」

「頼む、お腹が空いてきた」

琴香は台所に戻る。離婚届は冷蔵庫の横の電気料金の請求などを入れるポケットにそっと差し込んだ。電気にガスに水道代――ふたりで使った生活にかかるお金に関するものを入れる、ポケットに。

ちらと振り向くと、リビングのテレビの横に並べた写真立てが視野に入った。

お互いの両親と一緒の賑《にぎ》やかな結婚写真、大学時代に初めてふたりで行ったスキー旅行、学生時代のサークルの皆との卒業コンパの写真。

龍助は大学の同級生だった。学部は違ったがサークルが同じで、最初は友人に過ぎなかったが、三回生になった時に恋人同士になり、結婚して三十歳の今まで一緒にいる。

子供はいない。

龍助は卒業して就職した予備校でずっと働いている。琴香は週に五回、実家の経営する京野菜レストランで働いて、二年前に調理師の免許も取得した。何か資格を持っていた方が、将来子育てが落ち着いて働きたいと思った時に有利だよと母親にすすめられたからだ。

炊飯器のスイッチは入れてあるので、ほうれん草を茹《ゆ》でようと鍋に水を入れ火にかける。

実家の関係で、野菜は安く手に入るので、ありがたい。

鰆は四切れあるので、明日の夫の弁当にも入れよう。あとは玉子焼きと、にんじんを茹でたものと、ほうれん草と。

夫はソファーに座っていて、なにをしているのかわからない。

おそらく携帯電話をいじくっているのだろう——ゲームをしたりネットを観ているのだろうと思い込んでいたが、誰かとやりとりしているのでは、と初めて気になった。

「ご飯、できたよ」

食卓に並んだ料理を見て、龍助は笑顔になった。

「秋っぽいでしょ」

「うん、美味《うま》そう」

いただきますと、手を合わせふたりとも箸をつける。

「鰆の西京漬けとか、京都に来て初めて食べたんだよ」

「私は子供の頃から当たり前に食べてたけど、他のところにはないんやてね」

「そうそう、すごく美味《おい》しいのに」

「ねぇ」

「ん」

「他に好きな人ができたって、別に私はかまへんよ。ううん、今までやって、龍ちゃん浮気は何回かしてたやん」

「バレてたのか」

「わかりやすいんやもん。でも、別に、そういうこともあるんやろうなって、思ってた。男の人はさ、ほら……」

あとの言葉は食事時に話すことではないと、琴香は言いよどむ。

——男の人は、溜《た》まっちゃうから、生理現象だからね——

以前、友人に言われた言葉だ。

龍ちゃん、家ではもう何年もしてないんなら、外でしなきゃいけないから、仕方ないよ、と。

「ごめん」

「何に対してのごめんやの」

「浮気がバレてたこと」

「しゃあないと思ってたよ、だって私」

セックスを拒否しはじめたのは、琴香の方だ。

龍助は三人目の男で、一番長く過ごした男だ。

自分はそういうことが、そんなに好きじゃない。セックスはしている時はそこそこ気持ちがいいとは思えるのだが、しなくても平気だ。

結婚してからは面倒にもなった。だからもう四年以上、していない。

「でも、どうして今回は、離婚とか言いだしたん？」

「琴香、冷静だね。思った通りだけど」

「ああ、そうやね。自分でも不思議、覚悟できてたんかな」

「今まではね、それなりに好きになった娘《こ》もいたけど、例えばその娘と一緒に生活するとか一緒に年をとるとか考えたことなんかなかった。それをしたいのは琴香とだけだと思ってたよ。でも、今好きな娘とは、ずっと一緒にいたい。けど、今のままだと不倫になってしまうから、可哀想《かわいそう》だな、と」

「その娘が？　私は？」

龍助は味噌汁をすする。

いつものようにご飯を食べながら、こんな話をしているのはおかしなことだと思いつつ、琴香も箸を動かす。

食欲が当たり前にあるということは、この事態がやはり冗談であるような気がする。

「申し訳ないとは思ってる。だからできる限りのことはするよ。でも、このまま年を取っていくよりは、お互い別々に生きていく方がいいと思うんだ」

よくある、ありきたりのつまらない台詞《せりふ》だと琴香は鼻白む。

自分の夫はドラマのようなできあがった言葉を吐くような人間だったのかと、失望した。

だったら意地でも自分はドラマのような修羅場にしてやるもんか。感情的になり、食べ物を投げつけたりすればこの場に相応《ふさわ》しいのかもしれないけれど——そんなことしたら、後片付けが大変だ。

「私は承知してへん。はい、なんて、簡単には言えへん」

「わかってる。急がない。ご飯、おかわり」

龍助が茶碗を差し出す。

「どんな人なん、龍ちゃんの好きな人。どこで知り合ったん？　つきあいは長いん？」

ご飯をよそった茶碗を返しながら聞く。

「学校」

「職場？　予備校？」

「元教え子。あ、でも彼女が生徒だった時は何もないよ」

「ってことは、今、大学生とか？」

「大学一回生。でも想像しているような若い子じゃないよ。一度社会人になってから大学入り直したから、今は三十三歳か」

「私らより年上やん！」

思わず大声が出た。

意外だった。

龍助の女の好みは、自分のようなおっとりとしたタイプで、社会人になってから大学に入り直すという行動力のある女というのも予想外だった。しかも年上とは。

「年上ったって、ほとんど変わらないよ。彼女は努力家なんだよ。高卒で就職したんだけど、やっぱり大学に行きたいからって夜も働いてお金を貯めて予備校入って――」

「水商売？」

「昔はしてたみたいだけど、今は平日は居酒屋でお運びさんして、土日の昼間は土産物屋でアルバイトしてる」

「忙しいやん」

「忙しい人なんだよ。大学も自分で学費を払うつもりでいるから、遊びに行くこともなくひたすら働いてる」

「土産物屋って、どこの？」

「聞きたいの？　そんなこと」

「聞きたい」

「清水寺《きよみずでら》の参道のところ。彼女の家が、その近くなんだよ。ひとり暮らしじゃなくて親と一緒だけどね」

清水寺は、東山《ひがしやま》にあり、京都で一番観光客が訪れる場所で、駐車場からお寺までの間は土産物屋が立ち並んでいる。

「私と別れて、すぐにその人と結婚するつもりなん？」

「すぐにじゃなくて、いずれってことになるんじゃないかなぁ」

本当に他人事のようだ。

夫も、自分も、友人の噂話《うわさ》をするように喋《しゃべ》っている。

「とにかく、いきなりでごめん。きっかけがつかめないから、あんなメモ残しちゃったけど」

「……時間ちょうだい。すぐには何とも言えへん。びっくりしてるから」

少し時間が経てば、改めて自分のこととして真剣に考えられるようになるかもしれないと琴香は思った。

戸惑ってはいるが、腹も立たないし、悲しくもない。

どうして私はこんなに冷静なんやろ、ドラマみたいに泣いたり喚《わめ》いたりしぃひんのやろ——。

それまで同じサークルの友人だったふたりが付き合いはじめたきっかけは、ちょうどそれぞれが恋人と別れたタイミングが一緒だったからだ。

龍助は高校生の彼女がいたのだが受験勉強を理由に別れを告げられ、琴香はアルバイト先で知り合った年上の恋人の浮気が原因で別れた直後だった。

恋人の浮気による別れに、友人たちは同情してくれて、「ひどい男だ」と相手を貶《けな》してくれたけど——琴香自身は、恋人の浮気の原因は自分にあると自覚していた。

若いこともあるが、その男がとにかく毎日のようにセックスをしたがって、理由をつけて逃げていたら他の女のところに行ってしまったのだ。

そういえば、あの時も自分は冷静だった。泣いたり喚いたりしなかった。

自分が悪いから、仕方ないなとすぐに納得してしまい、男の方からは「冷たいな」とまで言われてしまった。

どうせ男の欲望に応えられないならば、別れて正解なのだ。毎日なんて、とてもできない。

毎日、男とセックスするということはそれだけ束縛されるということだ。自宅住まいだし、学校の勉強もあるし、サークル活動もあるし——男にだけ時間をとられるなんて、まっぴらだった。

サークルの飲み会で、琴香と龍助のふたりともが恋人と別れたことを告白したら、いっそ付き合ってしまえばと囃《はや》し立てられた。

冗談が、本当になり、龍助から一緒に映画に行こうと誘われて、その日のうちにキスをされ、一か月後に、ひとり暮らしの龍助の部屋に来ないかと誘われた。

前の恋人も、その前つきあった男とのセックスもどちらかというと苦痛だった。最初は優しく大事に扱ってくれても、しばらく経つと、琴香の意志を聞かずにやりたがったり、AVみたいなことを試したがったりすることについていけない。

友人に相談すると「そんなの普通だよ。琴香はお嬢さんだからね」と言われてしまう程度のことなのだけれども、自分には受け止めることができなかった。

お嬢さん――今まで何度も投げかけられた言葉だ。時には褒め言葉として、時には侮蔑気味に。

確かに自分の実家は特別裕福ではないが京都の大きな八百屋で、高校までは私立のエスカレーター式の女子校だった。周りから、育ちが良いからおっとりしているんだと言われるが、自分でもそう思う。

付き合う前の男たちが琴香のことを呼ぶ「お嬢さん」には憧れと敬意が籠《こ》められているが、別れたあとの男たちの「お嬢さん」には、自分を見下しているニュアンスがあることには気付いていた。

つまり「自分の思い通りになる、世間ずれしてないお嬢さん」だと思われていたのだ。そして実際に付き合ってみるとそうじゃないことに気付き、「お嬢さんだから、堅苦しい」と変換されてしまう。

龍助は、今までの男たちと違い、琴香にひとつひとつ聞きながら、まるで処女と寝るかのように大切に扱ってくれた。痛くないか、気持ちいいか、琴香の身体をきちんと確かめながら抱いてくれた。だから、嫌なことや恥ずかしいことは、せずに済んだ。

龍助との付き合いはもともと友達だったから、お互いのことをよく知っているので気楽だ。

琴香が見かけほどおとなしくもなく、実は気が強いこともわかってくれている。喧嘩《けんか》もしなかったし、どれだけ長い時間を過ごしても嫌になることはなかった。

だから最初から結婚してずっと一緒にいたいなと願っていた。

それは龍助も同じだったはずだ。龍助は学生時代から琴香の家にはちょくちょくご飯を食べに来ていたし、両親にも気に入られていたから、流れはできていた。

就職して一年経って、そろそろ考えようかと言われた。結婚式を挙げるくらいの貯金はできたから、と。

実際に式を挙げたのは更に一年後だ。今住んでいるマンションの頭金は双方の両親が出してくれた。

披露宴には大学の友人たちを招いて、さながら同窓会のようだった。皆に祝福の歌を歌ってもらい、幸せにと笑顔で送り出されてはじまった新婚生活だった。二次会ではおおいに盛り上がり、そこで生まれたカップルもいる。

結婚した当初から、双方の親に、孫の顔が早く見たいということを匂わされた。だからマンションも、部屋数が多い方がいいのだと勧められたのだ。子供部屋は必要でしょ、と。

龍助はふたり姉弟で、姉はまだ独身で結婚する気配もないし、琴香の方は年の離れた高校生の弟だけだ。

だからこそ、なのか、双方の両親とも琴香と龍助に、当然のごとく子供が早くできるようにと望んでいた。

けれど、子供はできなかった。

少し前から、母親には「一度、検査行った方がええんやないの……ほら、原因がわかれば今はいろいろ対処もできるし」などと言われている。

親たちは、子供ができず、それでも焦らず仲良くのほほんとしているかのように見えるふたりが、もどかしいようだった。

できるわけないやん。子供をつくるようなこと、してへんねんもん。

母に何か言われる度に、その言葉が喉元《のどもと》まで出かかった。

けれど、ぐっと封じ込める。じゃあなんでしないのとか、そういう深い話まで親とはしたくない。

めんどくさいから、そういうことしたくないねん、仲がいいし、必要だとも思わへんねん――なんて、言ったら、怒られそうだ。

子供なんて、別にいなくてもええやん――そう、本音を口に出したら悲しまれることもわかっている。

子供は特に好きでも嫌いでもないし、強く欲しいと願ったことはない。それは多分、龍助も同じだ。友人の中には排卵日に夫に強精剤を飲ませて性行為をする者もいるし、早くから不妊治療に踏み切っている者もいるけれど、自分たちは、積極的に作ろうとせずとも「授かればいい」程度に思っていた。

三十歳で、まだまだ若いつもりだ。友人たちの中には独身者も多い。

子供ができたら生活ががらりと変わってしまう。居酒屋やレストランにも足を踏み入れにくくなるし、旅行だって場所を選ばなくてはならなくなる。今みたいに、身軽ではいられない。

自分が母親になることなんて、まだ早い。いつか自然に、母になる覚悟ができた時に、いいタイミングでできたらいいんじゃないかと思っていたら、そのうちにセックスの回数が減り、全くしなくなり、子供どころじゃなくなった。

結婚したらセックスしなくなると友達に言われていたのは本当だった。いつも一緒のベッドで眠って、毎日顔を合わせて――平日は龍助が仕事で疲れているので、週末にやろうという意思を持っていたのだけれども――一年ほどで、「まあ、今でなくてもいいか、いつでもできるし」とお互いが言っていたら、気が付けば全くセックスしなくなっていた。

いや、何度か龍助の方は琴香の上に乗ってきたりはしたのだ。

その時には――龍ちゃん、したいんや――そう思って、受け入れていた。

けれど、だんだんそれもおっくうになり、反応の鈍い、乗り気ではない妻の態度を察したのか、龍助もそのうち求めてこなくなった。

皮肉なことにセックスがなくなってからの方が仲が良くなったと自分でも思うし、友人たちにも「いつまでも新婚みたいに初々しいね」と、言われる。

夫婦というよりは、親友という言葉が相応《ふさわ》しい関係なのだろう、自分たちは。

けれど、親友には欲情できない。

セックスがなくても夫婦仲が良いから――セックスが必要ではなくなった。

しかし、自分と違い、龍助は男だ。溜まるものを出さないといけない――それはわかっていた。

何度か浮気の兆候のようなものはあった。遅い帰宅の際に、話のつじつまが合わなかったり、何故《なぜ》か新しい見たこともない下着が洗濯物の中に交じっていたりと、ささいなことだけど。

けれど例えば土曜日に出かけることはあっても日曜日はいつも自分と一緒にいてくれて、映画を観たり、学生時代の友人たちと会っていたり、「親友」でいられたから、何の不満もなく安心して、見過ごそうとしていたのだ。

もし龍助に仮に彼女ができても、こうして仲良くしていられて今までと変わらないままなら、まあ、いいかぐらいの気分に最近はなっていた。

でも、まさか。

他に好きな人ができたから、別れてくれと、離婚届を突き付けられるなんて、思いもしなかった。予想外の事態だ。

琴香自身は「親友」である龍助と別れる気など、ない。

申し訳ないのは、別れてくれと言われたことではなく、そういう状況になっても自分の中に悲しいとか嫉妬心とか怒りの感情が芽生えてこないことだ。

でも、別れたくはない。一生、傍《そば》にいるパートナーであるという想いは、変わらない。これから先、龍助ほど仲良くなれる男性が現れるとも思えない。

龍助は食事を済ませると、風呂に入り、さっさと寝てしまった。

後片づけを終えた琴香は、冷蔵庫の横のポケットに入れた離婚届を取り出してじっ

と見て、

「離婚なんて、できひん」

と、つぶやいた。

あれから特に龍助も琴香も離婚のことは話題にせず、時間が過ぎてゆく。

変わったことといえば、龍助が土曜日の夜は何も言わずに出て行って帰りが遅くなるということだけだ。以前はスポーツジムに行くだのバッティングセンターに行くだの同僚と飲みに行くなど理由をつけて出て行ったのに。つまりは、それまでの外出理由も全部とまでは言わないが、何割かは嘘《うそ》だったということなのだろう。

全くその嘘に気づかず、信じていた。

私なら、奥さんがいる男となんて絶対嫌や。寂しいし、人前でも堂々とできひんし、親や友達にも内緒にせなあかんなんて、絶対に嫌や——龍助が出ていく度に、琴香はそんなことを考えてしまう。

学生時代の友人の中には、社会人になってから妻のいる男とつきあった者も何人かいた。話を聞いていると、彼女たちは彼女たちなりに真剣で、相手への想いは偽りではないのだろう。

けれど、苦しいの悲しいのと嘆く娘ほど、どこか滑稽《こっけい》でわざとらしく見えた。自分に酔ってるというのは言い過ぎだろうが、自ら好んで不自由な恋愛を選択して刺激を享受しているという印象を受ける。

彼女たちの言い分で共通しているのは、「セックスがいい」ということだ。

セックスしない夫婦はたくさんいるのに、セックスしない不倫関係というのは聞いたことがない。既婚者は「しなくなった」「したくない」と言うけれど、不倫している知人で、そんなことを言う者はいない。

と、すれば不倫というのはセックスでつなぎとめられている関係、セックスのための関係とも言えるんじゃないか。

でも、いつかしなくなるやん。子供が出来たらホルモンの関係でしたくなくなるって話もよく耳にする。

セックスする刹那《せつな》的な関係よりも、セックスしない穏やかで平和で仲の良い関係の方が、ええんやないのかな。

自分がこういう考えなのは、変化を好まない性質だからだろうか。

両親に大切に育てられた、お嬢さん。おっとりして可愛い、女の子。色が白くて、喋り方がゆっくりの、京都の女の子。京都から出たことがない、出る気もない、京都の女の子。

自分も含めて、京都の女には、はなからここを出る気がない娘が多い。それが地方から来た人間たちには不思議に映ることもあるようだ。

他の土地で暮らしてみたいとか、思ったことないの？　もっと自分が居心地がいい場所があるんじゃないかとか考えたことないの、と聞かれるのが不思議だった。

全くそんなことは考えたことがない。

家があり、家族があり、便利で、ここから動く理由なんてない。

それはこの京都という土地が居心地がいいからというわけではなく、琴香自身が変化を好まない穏やかな性質だからというだけのことであろう。

もちろん、誰もが京都という街が居心地が良いと思っているわけではないのも知っている。悪口を言うものも多い。裏表があるだの、かしこまってるだの、と。だから、合う合わないの問題なのだ。

自分はこの生まれ育った土地が合うから、離れる理由がない。

変化を好まない——それは、琴香自身が、恵まれた環境で、レールに乗ってきたからだと言われてしまえば、反論はできない。

龍助の恋人のように、一度社会人になったのをやめて、三十歳過ぎてから再び大学に入りなおそうというバイタリティのある女の話などを聞くと、すごいなと素直に感心する。

自分とは違う種類の人間なんだと、卑下《ひげ》するわけでも見下すわけでもなく、ただ感心する。それ以上のものはない。羨《うらや》むことも、劣等感を抱くことも。

そもそも高望みなんかせずに、平和で健康な生活が送れたら、それでいい。そしてそれは、今現在、手に入っている。

龍助は離婚届を出すという大胆な行動に出たくせに、相変わらず琴香の作った弁当を持って職場に行き、帰宅する。この龍助の「離婚を考えているとは思えない感じ」も、琴香の冷静ぶりに拍車をかけているのは間違いない。

何も、生活は変わらないので、親にも友人にも離婚届のことは話してはいない。

そう言えば――琴香はカレンダーを眺める。

再来週の日曜日、大安の日に大きな○がつけてある。大学時代のサークル仲間の結婚式に夫婦で呼ばれているのだった。新郎も新婦も同じサークルだが、新婦の方はふたつ年下だ。ずっと先輩後輩として、たまに集まりで顔を合わす程度だったのが、新婦の告白により付き合いはじめたと聞いた時は、皆の間で話題になった。

そのふたりが三年間の交際を経て、結婚するという。学生時代の仲間が久々に顔を合わすはずだった。

「もうすぐ坂野《さかの》君と萌《もえ》ちゃんの結婚式やで」

夜の十一時を過ぎて、龍助が帰宅して夜食のお茶漬けを食べている時に、声をかけた。

「そういえばそうだった。坂野たちはもう一緒に暮らしてるんだっけ」

「だいぶ前から同棲してるみたい、龍助はあの黒のスーツでいいかなぁ」

「あれしかないだろ」

「まあね、この時期ならあれで大丈夫か」

十月なのに、まだまだ暖かな陽気で過ごしやすい。けれど、京都は、いきなり寒くなってしまう。自分は何を着て行こうかと琴香は想いを巡らす。いっそこれを機会に新しい服でも買おうか。

サークル内のカップルの結婚式はこれで四組目だった。自分たちと、同時期に結婚した一組がいる。あと、国内で式をあげず、パーティだけをしたカップルが一組あった。

それぞれの相手も顔見知りの仲間だから、同窓会のようになり気がねなく楽しめる。

「楽しみやなぁ」

そう口に出して、鼻歌を口ずさむと、くすっと、しょうがないなというような表情を浮かべ、龍助が笑った。

あれ、という違和感が通り過ぎる。

私たち、離婚協議中の夫婦のはずなのに——。

結局、親がお金を出してくれてクリームイエローのワンピースを買った。ちょっと可愛《かわい》すぎるかなとは思ったが、集まるのは昔の仲間たちがほとんどだからそんなに気にすることはないだろう。

「お、可愛い」

と、龍助が言って、カメラを向けた。

いつものように笑顔でにっと笑い、ピースして、写真に写る。

何度も撮られた特別な日の記念写真——何が、記念なのだろうか。ふと、この写真も、今まで撮った二人の写真も別れたらどうなるのだろうという思いがよぎる。

車に乗り込み、出発した。結婚披露宴の会場は家から車で四十分ほどの琵琶湖《びわこ》沿いのホテルだ。

滋賀《しが》県の県庁所在地の大津《おおつ》は京都市と隣接していて、ものすごく近い。JRならば京都駅の次の次が大津駅だ。

披露宴の行われるホテルは琵琶湖の西にあり、どの部屋からも琵琶湖が眺めることができることで有名だった。

念のため、一時間半前には出発した。秋の京都は観光客が多く、道も混む。早いにこしたことはない。

自分が生まれ育った土地に、ひとつだけ難があるとしたら、この観光客の多さと道の渋滞のひどさだ。住んでいる人間にとって、イラつくことが多いけれど、それで潤っているのだから、しょうがない。

一時間ほどでホテルにつき、ロビーに行くと、見知った顔が既にたくさんそろっていた。

大学時代、毎日のように顔を合わせていた仲間たちが、遠方からも訪れていて、再会を歓びあっている。もうこの年になると、子供がいる者も増えたし、故郷に戻ったりしている者も多く、気軽に飲みに集まることもほとんどなくて、こういう場所でしか会えない。

琴香と龍助の結婚式の時も、こうして共通の友人たちで会場は埋め尽くされていた。

「あ、琴香！」

子供の手を引いてふっくらとしたワンピースを着た女と、長身の男が琴香と龍助の元に寄ってきた。

「棚本《たなもと》君に由実《ゆみ》ちゃん、久しぶり。うわー、大きくなったんや」

琴香と龍助と同じ時期に結婚した夫婦だった。

ふたりとも同級生で、結婚のタイミングが琴香たちと重なったので、四人で食事をして結婚式をする前などは相談し合ったりもしていた。

棚本と由実はすぐに子供が出来て、それからなんとなく――向こうが気遣っていたのだろうが——疎遠になっていた。

「幾つになるの？」

琴香が聞くと、手を引かれていた男の子が指を五本立てる。

「もう、そんなになるんだ」

「もうすぐお兄ちゃんだしね」

「あ、もしかして——由実」

「うん、実は再来月に次の子が生まれるの」

よく見ると膨らんだ腹部に由実が手を添えて愛おしそうに撫でる。

「男の子、女の子？」

「また男の子みたいなの。男の子ふたりって、大変だろうなって、今からひやひやしている」

「わー、由実、おめでたなんだ——」

近くにいた同級生たちも集い、由実たちを取り囲む。

由実は腹部だけでなく、全体的にふっくらとしていて貫禄《かんろく》がついている。隣にいる棚本も少し頭が禿《は》げあがってきていることに琴香は気付いた。

もうこのふたりは「パパとママ」なのだ。

子供とセットの、家族なんだ。

さすがに「琴香たちはまだなの」と無神経なことを言う者はいないが——きっといないところでは言われているのだろうことも察しはつく。

「琴香は、変わんないね。お嬢様っぽい雰囲気のまま、うらやましいなぁ」

由実がそう言った。

確かに、今の自分と由実とでは同級生に見えない。

それは龍助もそうだ。同じ時期に結婚したはずなのに、由実たち夫婦と自分たちは、ずいぶん纏《まと》う空気が違う。由実たちは「家族」で、自分たちは大学生のカップルのままだ。

初々しいといえば聞こえはいいが、成熟しきれていないだけなのだろう。

子供を熱烈に欲しいとは思ったことはないけれど——ふと、羨望《せんぼう》を覚える。

歳をとり、母になり、時を重ねている由実に。

確かに由実はふっくらとして所帯じみはじめてはいるけれど——ふたり目の子供が出来たぐらいだから、この夫婦はきちんとセックスもしているのだろう。

自分と龍助は友達から始まって、今もとても仲の良い友達で——それだけなのだ。

変わらな過ぎるのだ、昔と。変わらないことが良いことだとは限らない。

チャペルでの結婚式が終わり、披露宴会場に案内された。

由実たちとは席が別で、なんとなくホッとしていた。子供のいない琴香夫婦に気を使ったのではというのは、考え過ぎだろうか。

牧師の前で新郎新婦が永遠の愛を誓った時、新婦は泣いていたし、周りにいる女たちも薄《うっす》ら目に涙を溜めていた。

けれど琴香はすっと冷めた目でそれを眺めている自分に気づいた。

永遠の愛、自分たちもそれを誓ったけれど、永遠の愛って何なんだろう――。

この年齢になると、友人には離婚を経験した者もいる。既婚者と不倫をしている者も。神様の前の誓いがどれだけあてにならないことか、知ってしまっている。

けれどそれでも神様の前にいると、信じてしまうのだろうか、永遠の愛を。ずっと自分は死ぬまでこの人と一緒にいるのだということを疑わないのだろうか。

かつて、自分もそうだった。当たり前のように、疑わなかった。まさか離婚届を目にする日が来るなんて。

琴香は、友人たちが新郎新婦を祝福する場で、冷めた目でその様子を見ている自分が、嫌だった。「おっとりしたお嬢さん」だったはずの自分は、いつからこんな皮肉交じりの目でかつての仲間たちのことを見るようになったのだろう。人の幸せを素直に祝福できない女になってしまったのだろう。

私はもしかして、不幸なのか――自分でも気づかないうちに、不幸になってしまったのか。

だからこんなふうに、人の幸せを祝福できないのだろうか。

ちらっと隣にいる龍助を見る。

琴香の視線に気づいた龍助は、ステーキをほおばりながら、「肉、美味いな」と言った。

能天気なのか、鈍感なのか、いずれにせよ羨ましい。この龍助の「何も考えていないような感じ」が琴香は好きだったけれど——だからこそ、あんなふうな唐突な離婚話の突き付け方をされたのだろう。

披露宴が終わると、二次会がホテル内の部屋で行われた。由実たち夫婦や、他にも子供のいる夫婦は「子供が昼寝するから」と帰って行った。

冷めた心を申し訳なく思いながら、祝福の盛り上がりに入れない琴香は壁際の椅子に座ってワインを飲んでいた。いっそ由実たちのように帰宅してしまえばよかったと少し後悔しているが、子供がいるわけでもなく、遠方でもないので、出席と伝えてしまっていて、いないわけにはいかない。

さきほど愛を誓い合った新婚夫婦に、「ずっとそのままじゃないよ」と心の中で毒づいてしまっている自分が、ひどく嫌な人間のように思えて、気分がふさぎこむ。

「なんかあったの、琴香？」

さきほどまで男同士の輪の中にいた龍助が琴香の隣に座った。

オレンジジュースを手にしている。

「龍助、いいの？　こっちに来て。私はいいから、皆のところにおれば」

「いや、あとは独身同士で盛り上がってるからさ。久々の再会でなんかいい感じになってるヤツらもいるから。それより琴香、体調でも悪いの」

「なんで？」

「おとなしいから」

「もともと私、あんまり騒ぐ方やないし」

「いや、そうだけど、なんとなく」

「龍助は飲まへんの」

「俺は運転するだろ」

「あ、そうや。ごめんね、ひとりで飲んでて」

「いいよ、こういう機会も滅多にないんだし」

　確かに龍助の言うとおり、独身同士で話に花が咲いているようだ。全体を見渡していると、明らかに媚《こ》びを含んだしぐさで男の気を惹《ひ》こうとしている女も、それにまんまと乗っている男の様子も眺められる。

　新郎新婦もふくめ、恋がはじまっている者たちがいるのだ。自分たちのように、終わろうとしている、いや、既に終わったカップルなど、他にいるのだろうか。

披露宴の前の待ち時間では、子供がいる夫婦同士で話が盛り上がっていた。

自分はそこにも入れない。

「ねぇ、誰かに私らのこと言うた？」

「何を」

「龍助が浮気して離婚話が出てるってこと」

「言えるかよ、言えるわけがない」

「そうだね、結婚式だもんね。でも、変なの、誰も私たちを見て、まさかそんなことになってるなんて、思わへんよね。相変わらず仲が良いねとか、言われたし」

「ごめんな、琴香」

聞こえないフリをする。

「ねぇ、龍ちゃん」

「ん？」

「彼女、どんな人。仕事とかそういう話はこの前聞いたから、性格とか」

「……何だよ、いきなり」

「お酒が入ってる時じゃないと、聞けへんよ、こんなこと。教えてよ」

「うーん、しっかりしてる人だなって、最初は思った。だからちょっと苦手だった。だって向こうは生徒だし。だけど、ああ、この人は何にでもすごく真面目《まじめ》な人なんだって……」

「どっちから告白したん」

「彼女の方。だって俺は結婚してるから、言えないよ」

「でも、好きやったん？」

「どうなんだろ、その時の自分の気持ちはわかんないや」

いや、龍助はきっと告白される前から、惹かれていたのだと、琴香は確信を持った。

そして夫の恋に、全く自分は気づかなかった。安心しきっていたのか――そうではなく、それだけ、自分は龍助に関心がなかったのだ。

「私のこと、嫌いになったん？」

「そんなわけないだろ。嫌いなヤツとは喋らないし、もし嫌いになったんなら、こんなふうに一緒に住み続けたりしないね」

「じゃあなんで離婚したいんや」

「――彼女と結婚したいから」

ちくっと、胸が痛む。

やはり言葉の力は強烈だ。口に出されると、破壊力がある。

あの薄い離婚届なんかより強力な武器で、一瞬にして心を切り刻まれた。

「――なあ、こんな話やめよ、おめでたい席だし」

「ええやんか」

「よくないよ」

ふと見ると、新郎新婦がこちらに近寄ってくる。薄い桃色のドレスを着た萌が、ぺこんと頭を下げる。

「今日は、お越しいただいて、ありがとうございます」

「お前ら相変わらずふたりくっついて、仲がいいなぁ」

「私たちも、先輩たちみたいな夫婦になりたいって、よく話してるんです」

琴香は自然な笑顔がつくれているか、それだけが気になった。

「そういえば、新婚旅行はどこ行くの？」

「いえ、あの……」

萌が目を伏せる。坂野が萌の肩に手を置いて、先を続ける。

「事情があってキャンセルしたんだよ……」

「え、事情？」

「十日ほど前に……恥ずかしい話だけど、病院行ったら……」

「もしかして、おめでたとか」

言いよどむ新婚夫婦を前にして、琴香が言った。

「そうなんです……」

萌がはにかみながら、けれど悦びを隠せずに小さな声で言った。

「おめでとう」

琴香も龍助もそう言った。

じゃあ、また——そう言って新婚夫婦が去っていった。

「——子供がいても、離婚しようと思った？」

琴香が聞く。

「しないかもしれない。そもそも、他の女とつきあったりしていないかもしれんし——いや、それはわかんないか。もうやめようって、この話ここでは」

「わかった」

新婦を取り囲む女友達の中から、えーっと歓声が上がったのは、さきほどのように妊娠を告げたからなのだろう。

そうか、坂野君と萌ちゃんは、セックスしたんだ。

当たり前だ。セックスしないと子供はできない。

あれほど楽しみにしていたはずなのに、こんなにこの場所の居心地が悪いなんて。

学生時代の気心の知れた仲間たちばかりだから——そう思っていたのに、いつのまにか壁があちこちに出来てしまっている。

誰かが自分たちを疎外しているわけではなく、ただ自分自身が、いろんなことに気付いてしまったのだ。

そう、私は不幸になったわけではなく、気付いてしまっただけなんだ。

「もう帰ろうか」

同じことを考えていたのか龍助が立ち上がった。

「私たちがもし離婚したら、これから先、こんな形で仲間同士で集まる時に、皆、どうなるかなぁ。気を使っちゃうかなぁ」

車が発進してすぐに、琴香はそう言った。

「かもなぁ。でも、仕方がないよ。だって今日来てたヤツの中でも離婚経験者もいたじゃん」

「そうだけど、私たちの場合はふたりともが仲間うちやからね。次に誰かの結婚式で集まって、龍助は再婚して奥さんとか連れてきてて、私がひとりのままだと、変な空気になるんじゃない」

「こんなこと言うのなんだけど、琴香のことを好きになる男はすぐに現れるよ。可愛いし、いいヤツだし。学生時代も琴香のこと好きって言ってたヤツは何人かいたよ」

「けど私がその人のこと好きになれるかどうかはわかんない」

「その時になってみないとわからないよ」

龍助以上に、気が合う、一緒に生活のできる男など、いるのだろうか。

龍助以外の男と同じ時間を長く過ごして、ふたりで映画に行ったり、旅行に行ったりして楽しむことなんて、できるとは思えない。

「そもそも、琴香は俺のこと好きなのかって話になるし」

「え、何なん？　好きに決まってるやん」

「多分、琴香の『好き』と、俺の『好き』は、違う。琴香の『好き』と俺が今、琴香に対して抱いている『好き』って感情は、全く同じとは言わないけれど、ほとんど一緒だとも思う。けど、俺がずっと夫婦であるために必要だと思っていた『好き』とは、違うんだ。だって、琴香――俺が離婚届をいきなり置いても――怒ったり泣いたりしないじゃん」

「それは、だって、驚いたから」

「すごく俺のことを信用して安心しているのか、関心がないのか、どっちかだろ」

言い返せない。

「琴香のことは俺も好きだよ、本当に。出来るならば離婚して親友になれたら幸せだとは思う。勝手な言い分だけど――でも、だって、俺たちずっと前から、親友でしかないじゃん」

龍助はこちらを見ない。琴香も隣にいる夫の表情を見るのが怖い。まっすぐ帰るのは嫌だ――この状態のままだと、どんどん見たくないものを見てしまわないといけないかもしれない。

これ以上、自分はいろんなことに気づきたくない。

鈍いままでいた方が、幸せだ。

「――どこか行こうか、せっかくの外出だし。天気もいいし」

龍助もそう言った。

「清水寺、行こう」

「え」

「龍ちゃんの好きな人を見たい」

「何言ってんの、琴香。それに今日なんか、清水寺は観光客でいっぱいで――」

「どんな人か顔が見たいねん。全然知らん人と結婚しますから離婚してくださいて、はいって頷《うなず》けるわけないやろ」

自分でもこじつけに過ぎない理屈だと思うが、龍助を自分から奪った女をこの目で見たかった。

一瞬だけでもいい、女の姿を見ないと、気持ちが治まりそうにない。

「まいったな……でも、今日、あの辺の駐車場もいっぱいだし、人だらけの坂道をこのいかにも結婚式に行きましたって格好で歩くのは目立つし服も汚れるぞ」

「あそこ――左の方――」

「え、何――」

「お寺あるよね、あまり人が来ない、観光ルートから離れたお寺。そこから清水寺に歩いていけるって、龍ちゃん前に言ってたよね」

「ああ。清閑寺《せいかんじ》のことか」

「国文学のゼミで訪ねたことがあるって」

「授業で『平家物語』やってたからな――平清盛《たいらのきよもり》の娘の徳子《とくこ》の夫の高倉《たかくら》天皇の墓があるところ――十年前に行ったきりだよ。確かにあそこなら駐車場あるし、清水寺の奥に抜ける道がある」

「そこ、行こうよ。すぐでしょ」

「でも」

「私の言うことを聞かないと、慰謝料をたくさん要求するかもしれないよ」

「わかったよ」

龍助は大きなため息をつく。

トンネルを抜けて右の道に入り、車を駐車場に停めた。駐車場は閑散としている。

観光客の訪れの気配はない。

ひやっとする風が頬にあたる。

冬の気配を感じる風だった。ぶるぶるっと琴香はふるえる。

人混みの、観光地化したお寺にはうんざりするけど、こんなにも人がいないのも寂しすぎるではないか。

石段を上がる。ハイヒールの靴で転ばないように、気を付けながら。

右側の、こんもりと盛り上がった土の上に囲いがしてある。

「高倉天皇陵。随分と早く亡くなってるんだよ。壇《だん》ノ浦《うら》で平家が滅亡した時に、清盛の妻である二位《にい》の尼《あま》が抱いて海に沈んでいった安徳《あんとく》天皇は、高倉天皇と徳子の子供。徳子は助け出されて大原《おおはら》に閑居して亡くなった。大原にそのお墓があるよ」

石段が続いている。龍助のあとに続いて琴香は上っていく。他に人の気配はない。

門には拝観受付はなかったが「御志納」と書いてある。そこにお金を入れて、中に入る。

目の前に庭があり左手に小さなお堂があるだけの、拍子抜けするほどに小さなお寺だった。

右手に「小督塚《こごうづか》」と書かれた説明板がある。

「なんや、これ」

「なんやじゃないだろ、本当に琴香は京都の娘なのに、何も知らないなぁ」

「京都の人間やからやねん、当たり前におるから、興味持たへんねん」

「小督は、高倉天皇の恋人だった女。でもそれを良しと思わなかった、高倉天皇の中宮の建礼門院《けんれいもんいん》徳子の父親の平清盛がふたりを引き離した。それでも高倉天皇は小督を忘れられなくて、一度小督を捜して連れ戻したりしたんだけど、さらに清盛は激怒して……でもこうして高倉天皇が亡くなってから、小督が墓の傍で見守ってたんだって。小督は亡くなっても、こうして高倉天皇の傍にいるんだよ」

「高倉天皇の奥さんのお墓は大原って、言うてへんかった？　夫婦が別々に離れたところに眠ってんのに、愛人が旦那の傍におんの？」

「愛人っていう言い方がふさわしいのかよくわからないけど、もともと小督を高倉天皇に紹介したのは妻の徳子だって話なんだよ」

「なんやの」

「それぞれが何を考えてたのかわからないけど、でも、確かなのは小督は高倉天皇を愛したってこと」

琴香は小さなその塚をじっと見ていた。

愛した男の陵墓の傍に眠る女の墓を。

「想夫恋って、知ってる？」

「知らない」

「小督が高倉天皇と引き裂かれて嵐山の方に隠れ住んでた時に、高倉天皇はどうしても小督にもう一度会いたくて、使いの者に彼女を捜させたんだ。その時に、小督が『想夫恋』って歌を琴で弾いてて、小督の居場所がわかり、連れ戻した。夫を想う恋って書いて、想夫恋。小督にとっては、夫が高倉天皇なんだよ。今みたいに、婚姻届を出して結婚とか、そういう時代じゃないんだし」

「——龍ちゃんが、結婚したいって言うてる人は、龍ちゃんのこと愛してんの？」

「……うん。ものすごく俺のこと好きなんだって。琴香には本当に申し訳ないんだけど、俺は、自分のことをちゃんと男として愛してくれる女と結婚したいんだよ。琴香が悪いんじゃない、彼女が俺のことを好きで、俺も彼女のことが好きになっただけのことなんだ」

その言葉だけで十分だった。

龍助が彼女を愛していると言うよりも、彼女が龍助を愛している——その事実を龍助自身が確信していることが、何よりも琴香を揺るがす。

龍助は幸せなのだ、愛されて。

私は龍ちゃんのこと好きや、でも、多分、その彼女の方が龍ちゃんを愛してる。うん、愛してるという言葉が相応しいのかわからない。

ただ、ようわからんけど、熱い気持ち、恋なのか愛なのか執着なのか何なのかわからんけど、誰にも負けへんぐらいの、熱くて強い気持ちが、彼女と龍ちゃんの間にはあるんや。

離婚なんて、めんどくさいことをしてもいいぐらい、周りの人に非難されても立ち向かっていけるぐらいの、熱い気持ち。

私は龍ちゃんのこと好きやけど、最初から今まで、熱い気持ちは、ない。

もっと穏やかでゆるい「好き」で、そやから今までやってこられたんやけど——でも、それって、あかんの？　熱くなくても強くなくても、好きは好きやのに——。

「じゃあ、清水寺、行こか」

「え、まじで行くの」

「当たり前やん」

「行ってどうするの」

「見たいだけや、声かけたりしぃひんから、安心して」

「……こっちの道だよ。十分もかからない」

駐車場の手前に左に折れる道があった。舗装されてはいるが、木々がせり出して陽の光があたらず暗くてひとりなら心細くなりそうな道だ。女性のひとり歩き禁止と注意を呼びかける看板まである。結婚式帰りの正装の男女には似合わない道だ。

ふたりとも無言で少し歩くと、急に視界が開けた。清水寺の舞台からしか見たことのない三重塔が近くにある。

この塔は安産の神様だと聞いたことがある。

その塔のわきを抜けるように下る道がある。もうこの付近だと人が増えてきた。清水寺の舞台から遠回りに参道に戻る人の波だ。

飲むと願いが叶うと言われている音羽《おとわ》の滝の傍に出る。この先は、訪れたこともあるから道を知っている。

京都に生まれ育って、自ら望んで清水寺に来ることはないが遠方から来た友人たちのお供で訪れたことは数度あった。

見上げると、清水寺の舞台の柱組みがある。高さが十三メートル、日本一の高さと呼ばれている清水の舞台。その舞台を支える柱とまるで城のような強固な石垣を右手に眺めながら、観光客に交じり参道に辿りつく。

「どこの店か、教えてや」

「声かけないって、約束するんなら」

「絶対に、しぃひん。遠くから見るだけや」

龍助が指し示した店は、すぐ近くだった。こぢんまりした、小さな土産物屋だ。

斜め向かいの店の軒下から、身を隠しながら眺める。

店頭に、水色のエプロンをつけて髪の毛をうしろにひとつにまとめ、ジーンズを穿いている女がいた。

思ったよりも、年上に見える。自分たちと三つしか変わらないはずなのに。

落ち着いているからか、いや、地味だからだ。

それに観光シーズンで疲れてもいるのだろう、疲労が顔に表れている。

着飾ったワンピースの自分とは対照的だ。誰が見ても今ならあの人より自分の方が若くて美しくて魅力的なはずだ。けれど夫は自分よりこの人を選んだのだ。

地味で若くも美しくもないけれど——龍助のことを、ものすごく好きで、この人は夫とセックスを、しているのだ。

夫は自分と別れて、この人と一緒になりたいのだ。

「ねぇ」

自分より少し離れて、その店の視界に入らない場所にいる夫のもとへ行く。

「喋りかけてみてよ」

「はぁ?」

「あの人に、話しかけて」

「なんでそんな」

「いいから。ふたりでおるとこ、見たいねん」

「悪趣味じゃない？」

「いいから、早く」

龍助はしぶしぶ店に近づいていく。龍助の方が声をかける前に、女が気が付いたようで、ぱっと花が開いたような笑顔を見せた。

ああ、この人は、龍ちゃんのこと好きなんや――それまでくすんだ枯れた花のように見えた女の表情が変わり、急に美しくなった。立ち仕事で疲れているだろうに、あんな鮮やかで幸せそうな顔になれるのだ。

自分は、あんな顔はできない。

すぐに龍助は帰ってきた。

「なんて声かけたん」

「急に顔が見たくなったんだって――他に思いつかなくてさ」

「彼女はなんて言ってたん」

「別に、普通」

「普通って、何なん」

「嬉しいって――さ、帰るぞ」

そういえば、清水寺に龍助と来たこともある。東京から来た龍助の同級生を連れてきたのだ。

冬なので寒くはあったが、こんなに人は溢《あふ》れておらず、三人で参道にある八ツ橋のシュークリームを寒い寒いと言いながら珍しがって食べたり、そのまま坂を下って三《さん》年坂《ねんざか》という坂の手前にある名物の七味唐辛子を購入したりして楽しんだ。

「八ツ橋シュークリームの店、行ったよね」

「ああ、そうだな。美味しかった。でも今日は人が多いし、シュークリームのクリームがその服にかかったら困るだろ。三年坂に阿闍梨餅《あじゃりもち》の店ができたから、甘い物が食べたければそっちにしたら」

阿闍梨餅も京都の名物だ。比叡山《ひえいざん》の阿闍梨という高僧の笠に形が似ているから名づけられたという餅に餡《あん》を挟んだものだが、京都の人間にも人気がある。

けれど、この清水寺の近くに阿闍梨餅の店ができたなんて初耳だった。

と、いうことは——龍助はやはり、休日に彼女の顔を見るために、ここに訪れることも、あるのだ。だからさきほど、彼女の方も突然現れた龍助に、そんなに驚いた様子もなかったのだろう。

自分の知らない間に、物語はすすんでいたのだ。琴香だけを置いて、新しい恋物語が。

「別に甘いもんが欲しいわけやない」

「なら、車に戻ろう」

人混みを避けるように、来た道を戻る。

歩きながら、琴香は自分の中に怒りに似た感情が湧いてくるのを感じた。

ふたりは清閑寺の駐車場に停めてある車に戻り、シートベルトを締めた。

それでもまだすぐに家に帰る気にはなれないのか、龍助はエンジンをかけない。

「龍ちゃん——」

琴香は龍助の手のひらにそっと自分の手を置いた。

なんだろう、この衝動。

つきあげてくるもの、はじめて感じるもの、こみあげるもの——これは——。

「引き返して、高速のインターチェンジの方へ向かって」

「え——」

「お願い——」

龍助がエンジンをかける。

「また滋賀に戻るの？　もうさすがに二次会は終わってると——」

「違う——」

車を走らせる。

さきほどと違い、琴香は喋らない。

喋れない、今は言葉よりも身体の方が饒舌《じょうぜつ》で、口を開くと自分が何を言いだすのかわからなくて、怖い。

しばらく走ると「この先、名神高速道路」という標識が出てくる。

「インターチェンジだけど、高速乗るの？」

「違う」

「どこに行きたいんだ」

「あのへんに、ホテル幾つかあるやん。どこでもいいから」

「琴香――」

「ホテルへ行こう」

「でも――」

「お願い、龍ちゃん」

「だって」

「言うこと聞いてくれへんかったら、泣きわめいて運転を邪魔する」

龍助は沈黙しながらも、高速道路のインターチェンジのある東へ車を走らせる。

さきほど龍助と女が話している姿を遠くから見ながら――嫉妬とは違う感情が自分の中で沸き起こっていた。

したい――セックスしたい――龍助に抱かれたい――。

どんなセックスをするのか、していたのか、思い出したい。

この衝動は性欲なのだろうか。

ううん、でも、濡れてもいないし、いやらしい気分になっているわけでもない。けれどしないといけない衝動に突き動かされている。そうしないと何も終わらないし何もはじまらないし何もわからないままだ。

こんなふうに自分から男をホテルに誘うなんて、生まれてはじめてのことだ。

いつもセックスは男がしたがるから応じるもので、めんどくさいものだった。

それでもセックスは必要なことだったけれど、龍助と夫婦になり仲良くなり、いつのまにかいらなくなったから、しなくなった。

したくないから、しなくていいと思っていた。しなくても、夫婦なのだから、好きなままでいられると――自分はそう思っていたのに、龍助は違ったのだ。

今、龍助は他の女を自分よりも必要としている。

身体だけじゃなく、心も。心だけじゃなく、身体も。それがわからないのだ、自分には、その感覚が。

私が欲しいのは、龍助という存在だ。でもそれじゃ足りないと言われているようだった。

わかりたかった、心も身体も欲しがっているものを。だから、龍助に抱かれないといけない――その衝動に突き上げられていた。

あの女が知っていて、私の知らないことが、知りたい。

車は白いシンプルなビジネスホテルのような外観のところに入る。

ラブホテルなんて、独身時代に龍助と来たきりだ。もう、随分前のことだ。こんなに健康的で綺麗な場所だっただろうか。

龍助は、いつも、恋人と、他の女たちとどこでセックスしていたのだろう。あの女は自宅住まいと言っていたから、こういうホテルか。

ふたりとも車を出て、ホテルの中に入る。自動ドアが開き、目の前に部屋を選択するパネルがあった。

日曜の夕方、ほとんどの部屋が埋まっているようでパネルの電気が消えている。

ここで今、何組もの男女が現在進行形でセックスをしているのだ。

龍助が、光が漏れているパネルの中のひとつを迷うことなく押した。そのまま脇にあるエレベーターの前に移動する。

その手慣れた様子にふとはじめて嫉妬じみた感情が沸き起こる。琴香の知らない間に、他の女とこういう場所に来てセックスをしていたのだ。

「本当に、いいの？　琴香はしたいの」

「私がしたいの。お願い」

「後悔しない？」

「しないよ」

変な会話だ。夫婦なのに、セックスを後悔するとかしないとかなんて話すのは。

ぎゅっと、手を握られた。体温が伝わり、琴香はごくりと唾《つば》を呑み込んだ。そのぬくもりに龍助の覚悟が伝わってくる。

エレベーターが三階に停まって光る矢印に従うと、点滅している部屋があり、中に入る。自分が思い描いていたラブホテルよりもっとビジネスホテルのような内装だった。

そう広くない部屋のソファーに腰を下ろす。自分の家のソファーよりも高級品だ。

「その格好」

「ん？」

「なんか、妙な感じだな」

結婚式用のワンピースの色の明るさと、髪をアップにして花飾りをつけた様が、ラブホテルの部屋に不似合なのに気づいた。

廊下で誰かとすれ違えば、パーティ帰りだとすぐに気付かれる。

結婚してから龍助とセックスするのは家の寝室か、旅行先の旅館等だった。ラブホテルなんて、来たことがない。

家にいる時は、琴香はもっとラフな格好だし、化粧もこんなにしていない。龍助だってそうだ。

日常の延長線上にあるセックスだった、いつも。

明る過ぎる照明の下で、枕元にコンドームの置いてある大きなダブルベッドの部屋にいることが不思議だった。

「龍助――」

琴香は手にしていた独身時代に龍助に買ってもらったパーティバッグをソファーに投げ出し、龍助に抱きついた。

目をつぶり、顔をあげると龍助の唇が自分の唇に重なった。

独身の時は、キスする度に煙草《たばこ》の味が流れ込んだのだが、結婚を機に龍助は煙草を止めた。そうだ、あれも、いつか子供ができたらとかいう前提ではなかっただろうか。琴香が妊娠する日が訪れたなら、どうせ禁煙しないといけないのだから、それなら今――と。

龍助の舌がにゅるりと入ってきた。

こんなキスも、何年ぶりだろう。寝室で戯《たわむ》れて唇を合わせたことはあるけれども、舌の感触なんて忘れていた。

――琴香はしなくても平気なの？――

いつか、そんなことを龍助に聞かれたことがある。セックスをしなくなってしばらくたってからの話だ。

——うん、平気——

と、だけ答えた。

したいとも思わないし、しなければいけないとも思えなかった。

したくないわけじゃなかったけれど、めんどくささが先に立つのだ。

——子供が欲しくなったら、すればいいか——

そう言って、何年も過ぎた。子供を欲しいと思わないままに。

セックスできるだろうか——龍助にふれられながら、自分から誘ったくせに、したいと言ったくせに、不安が琴香の胸に広がる。

そんな琴香の不安を察したかのように、龍助が琴香を引き寄せた。

ワンピースの背中のジッパーが下ろされる。花びらのような軽やかな生地で鮮やかな色のワンピースが、足元に落ちてゆく。

上下揃いのイエローのシルクの下着姿になった。普段は身に着けない、よそ行き用の下着。

龍助はスーツを脱いで、ネクタイを外す。シャツを素早く脱いで、トランクス姿になった。

「別の人みたいだ」

龍助が言った。

壊れてはいけないからと、琴香は花のついた髪飾りを外して、テーブルの上にそっと置く。

龍助に導かれて、ベッドに横たわった。

目の前に龍助の顔がある。こんなふうにちゃんと夫の顔を見るのも久しぶりかもしれない。

「大丈夫？」

「何が」

「私と、できる？」

龍助はくすっと笑って、琴香の手をとって、自分の股間に導く。布の下にある男のものは硬くなっていた。

「いつもと違う琴香を見たら、興奮した」

琴香はいたたまれなくなり目をつぶる。

さっき恋人と顔を合わせたくせに、どうしてそういう気分になれるのか——その言葉を封じ込める。

それを合図と思ったのか、龍助が唇をよせてきた。

琴香の方は、性的に身体が興奮していないのはわかっていた。もちろん、それでも男を受け入れることくらい、できる。

私は龍助のことが好きじゃないのか、愛してないのか、興奮しないなんて──舌を絡ませながら琴香は自問自答する。答えの出ない問いを、くり返す。

龍助の手がブラジャーの中に入ってきて乳房の先端に触れた。

「あ、琴香もここ、硬くなってる」

それは興奮しているからではなくて、寒いから──そんな興をそぐようなことは言えるわけがない。

龍助の手が琴香の背に回り、ブラジャーのホックを外した。白い乳房が露わになる。大きくはないが、形は抜群だと、いつも褒められていた。

龍助はさきほどまで指で弄んでいた先端を口に含んだ。舌ではじくように舐《な》める。こそばゆい──笑いを堪《こら》えて琴香は身もだえする。それを感じたと思ったのか、龍助が「気持ちいい？」と聞いてきた。

「うん、気持ちいい」

琴香は答える。思ってもみないことをセックスの最中ならば平気で口に出せる。

どうして自分は夫にこうされて感じることができないのだろうと、申し訳ない。

その罪悪感を払拭するにはせめてもと、喘《あえ》ぎ声をあげるしかない。

「ん……ん……」

密やかに声を出してみた。声を出すことによって自分を高めていこうとするのも努力だ。セックスが好きじゃない女の、ささやかな努力。

龍助の指が琴香の腹部に沿うようにしておりてゆく。下着の中に指がすべりこむ。龍助の指が陰毛を搔《か》き分けるように触れ、琴香は足の力を抜いた。

指が、足のつけ根に辿《たど》りつく。久しく誰にも触れられていないところに。きっと私のそこは乾いている。せめてもと「あ……気持ちいい」とわざとらしく声をあげた。

龍助の指が肉の合わせ目に辿りついた。閉じた扉にそっと触れる。

「久しぶりだ、琴香のここ」

龍助が懐かしそうな声を出した。その声が、どこか作ったように聞こえたのは、自分が冷めているせいだろうか。

琴香自身も、龍助に触れられて「懐かしい」という甘い感情がこみあげてきた。けれど、夫婦なのに懐かしさを覚えるセックスがあることが悲しい。

龍助が両手で琴香の下着を下ろして足首から抜いた。

龍助がそよそよと川の水に指をひたすようにゆるやかに琴香の女の部分を撫でた。

昔、つきあっていた男たちはこれの力加減が強くて痛い思いしかしたことがなかった。初めて気持ちがいいと思えた相手が、龍助だったのだ。

「ん……」

声が自然に漏れた。長く、こうして触られてると、やっとじわじわと気持ちがよくなってくる。

龍助が指を少し、中に入れた。

「濡れてる」

思い出してきた、セックスを。そうだ、こうして気持ちがよくなってゆくものだと。それなのに、私はどうしてセックスをしたくなくなっていたのだろう。しなくてもいいと思っていたのだろう。

下腹部の奥が熱くなってきた感触がある。

龍助は上半身をずらし、琴香にキスをした。舌が入ってきて、からみつく。

「俺のもしてくれる？」

琴香は寝そべった龍助のトランクスをずらした。下着にはかまわない龍助が自分で買ってきた、量販店で売っている派手な下着。

自分は今日は結婚パーティでお洒落《しゃれ》をするからと、なんとなく下着もよそいきにしたのだが、男の人は違うのだ。

中からは弾かれたようにペニスが飛び出てきた。何年振りかに見る、硬くなったもの。

記憶の中にある龍助のものはもっと大きかったような気がするが、それでも十分に硬くはなっているようだ。琴香は精一杯口をあけて、くわえこんだ。

「あ、気持ちいい……」

口をすぼめてペニスに密着させたまま、上下に動かしてゆく。

ことさらこの行為が好きなわけではないけれど、嫌いではない。だから望まれたらする。

思えば、すごいことだ。おしっこが出るところを口にしてるんだから。皆がこんなことをやっているんだと考えたら、不思議だ。

学生時代にわいわいと楽しく「友達」として過ごしていた坂野と萌も、こんなことをしてるんだ。

夫婦って、要するに、堂々とセックスしてますって関係なんだもん。

「ねぇ、龍ちゃん」

琴香は龍助の性器から唇を離す。

「見て欲しいの」

「え」

「電気つけていいよ――」

戸惑いながらも、龍助が枕元の照明のスイッチを入れる。

今まで、セックスの時にこうして明かりをつけたことはなかった。

恥ずかしいから嫌だと、琴香がいつも部屋を暗くしてくれるように頼んでいたのだ。

だから、龍助は、自分の性器をはっきりと細部までは、見たことがないはずだ。薄闇の中でしか、知らないはずだ。

「見てよ」

琴香はベッドに寝そべり、膝をたて、自ら股をぐぃっと開く。

煌々《こうこう》とした照明の下で、何もかもはっきり見えるはずだ。

「琴香」

「見て、覚えていて欲しい」

何を、だろうか。どうしてこんな恥ずかしいことを自らしているのか、その理由はわからない。ただ、別れてしまうと、二度とこんなこともできないだろう。琴香との十年近い記憶の上に、あの女が上書きされてしまうかもしれないのだ。十年、二十年、これから先、琴香と過ごした年月より長い年月をあの人と夫は過ごすのだ。

結婚して子供が生まれてしまえば、前の妻のことなど、忘れてしまうだろう。

だから――なのか。自分が女であることを、知って欲しかった。

親友ではなく、女の、恋人であることを。

ずっとここを見られるのは恥ずかしかったけれど、確かにふたりは男と女でセックスしたのだという記憶を、心に焼き付けて欲しかった。

「よく見えるよ、琴香。綺麗だよ」

龍助が顔を近づける。息が、あたる。

ぁあ……つくりものではない息が琴香の口から洩れた。

龍助がその部分に口をつける、まるでさきほどのキスと同じように、唇をおしつけたあと、舌をすべりこませる。

「あっ！」

気持ちが良いというより、こそばゆい感覚だ。それは今までと同じだ。けれど、龍助の目の前に自分の女の部分が露わになり存在して、口をつけられている――感動にも似た悦びで、自然に声が出る。

「ありがとう、琴香――そろそろ――」

舌でまんべんなく、左右の襞《ひだ》も、その奥の粘膜の入り口も、先端にある小さな核の部分もひととおり味わったあと、龍助が申し訳なさそうに告げた。

返事を待たずに琴香の足の間に龍助が身体を滑り込ませてきた。

部屋は明るいままだから、琴香の表情も全て見られてしまう。

龍助が足のつけ根に手を触れる。

そこはもう乾いていたらしく、指に唾をつけて中に入れ、潤おそうとする。

――そういえば、排卵日って、いつだっけ――

セックスしなくなってから無頓着になっていて、すぐには浮かばない。

――生理終わったのは、確か――

「痛かったら、言ってね」

琴香の思考は龍助の言葉で中断された。

この中にものを入れるのは久しぶりなのだと思うと、少し緊張する。

力を抜こうとした矢先に、龍助が自分のペニスに手を添えて、ぐっと押し込んできた。

「んっ！」

一瞬、痛みが走って、琴香は仰《の》け反《ぞ》るが、声を押し殺す。

「ぁあ……琴香の中だ……」

「ぁあっ！」

龍助が自分の中に入ってきた。男のものでいっぱいになる。

痛みは消え、異物感を覚える。けれどそれは嫌なものではない。

龍助がゆっくりと腰を動かす。

琴香は自分の上にいる夫を薄目で眺める。

目をつぶり、切なそうに眉を顰《ひそ》める龍助の顔が、はっきり見えた。

夫は自分の身体の穴で、感じてくれているのだ。明かりの下でセックスをするということは何もかもあからさまになるということだ。

そのことに喜びを感じながらも、やはり、どこか冷めてもいた。

男の人って、他に恋人がいて離婚しようとしている妻とでも、ちゃんと勃起して、セックスできるんだ——。

そんなことを考えながらセックスしているくせに、自分の身体が反応しはじめた。

徐々に思い出していく、粘膜の摩擦の記憶を——。

「ぁあ……」

声が、零《こぼ》れる。

「琴香、気持ちいい？」

「うん……気持ちいい……」

嘘ではない。本心から、気持ちがいいと口にした。

琴香が龍助の名を呼ぶと、唇が自然に重なり合う。

「龍助——」

好き——どこにも行かないで——離れたくない——

今、つながりながらそう言えば、離婚届を捨ててくれるだろうか。

好きだという気持ちは本当だ、どこにも行かないで欲しい、離れたくないのも。

けれど、きっと、恋人同士だった頃、結婚したての頃の関係には戻れない。

身体はこうしてつながることもできるのに、好きなのに、放っておいた数年間、何も変わらなかったわけではないのだ。

好き、と言ってみようか、言えない。そういえば、ずっと言ってない。

琴香も、龍助も、お互いに。

仲の良い夫婦ではあったけれど、仲が良いだけの夫婦になってしまっていた。

でもいざ寝てしまえば、身体はちゃんとこうして反応してセックスができるじゃないか。

どうして、しなかったのだろう、したいと思わなかったのだろう。しても仲良くいられたから、しなくてもよかった──けれど。

龍助は、もっと仲良くなりたい人と出会ってしまった。セックスもして、ずっと傍にいたい人と──。

それは私ではないのだ。

あの人なのだ。

「琴香──俺、もう、出そうだ──」

目の前の龍助の息が荒い。

「うん──出して──」

コンドームはつけていた様子がなかった。

「あ、出る……いくよっ！　いくっ！　いくっ!!　ぁあーーーっ!!」

龍助は琴香から身体を離し、咆哮《ほうこう》をあげながら、琴香の身体の上に生暖かく白い液体を放出した。

どろりとした感触、青臭い匂いが鼻孔に届く。

——私の中には出してくれないんだ——。

体液の温かみを腹部に感じながら、琴香は夫の肩の向こうの白い天井を眺める。

中に出さない夫は、かしこいのか、ズルいのか、優しいのか——多分、どれも正解だ。

別れようとしている妻に誘われればセックスはするけれど、妻の身体の中には射精しない夫が、勃起しながらも理性は失っていない夫が、憎らしい。

「龍助——」

琴香は起き上がり、龍助に抱きつく。腹に白い液体をつけたままで。

「琴香」

まだ息が荒い龍助の身体が熱くて、心地がよい。

龍助の肌が愛おしくて、離したくない。

琴香の抱擁に応えるように、龍助がきつく琴香を抱きしめる。

龍助——好き——愛してる——。

たとえ今、その言葉を発しても、龍助は自分のもとから去っていくだろうことはわかっていた。

それでも、琴香は裸の龍助に縋《すが》りつかずにはいられなかった。

第四話　萌《も》えいづる——祇王寺《ぎおうじ》

祇王寺

平清盛《たいらのきよもり》に寵愛された白拍子・祇王《ぎおう》が出家した寺。清盛のもとで庇護され栄華を誇っていたが十七歳の白拍子・仏御前《ほとけごぜん》に清盛の心が移り、祇王、妹の祇女《ぎじょ》、母の刀自《とじ》は館を追われる。追い打ちをかけるように清盛は、仏御前が退屈しているから慰めよと祇王に舞を所望する。あまりの屈辱に祇王は死をも考えるが、母に説得され妹と母と共に出家してひっそりと嵯峨野で暮らしていた。その後、世の儚さを目の当たりにして出家した仏御前も訪れて、四人で浄土を願い共に暮らしていたと伝えられている。

ゆらゆらと舞うように、身をよじるように目の前を紅葉《もみじ》が落ちていく。

陶子《とうこ》は腰をかがめ、足元に落ちた葉を手にとって朝日に翳《かざ》した。

そのまま見上げると、空を覆うように重なり合った紅葉の細い枝が、たおやかにしなっている。

落ちた紅葉は祇王寺の庭の苔《こけ》の上に敷き詰めたようになっている。

くれないの色は、月の度に流れる血の色だろうか、鮮やかに塗られた唇や爪の色だろうか、いずれにしろ女の色だ、情熱と執念の色。

庭の向こうには小さな茅葺《かやぶき》の堂があった。明治時代のものだという堂の奥の部屋には吉野窓《よしのまど》と呼ばれる円形の窓があり、そこからほのかな朝日が差し込んでいる。

陶子は靴を脱ぎ、手前の仏間に足を踏み入れる。大日如来《だいにちにょらい》を真ん中にして幾つかの像が並んでいる。人の胸から頭のてっぺんくらいまでの大きさの鎌倉時代の作品だと言われる木像の表情は静かながらも、その瞳は水晶で作られており、光を宿し何か言いたげな意志を浮かべているようにも見える。

自分を捨てた男と並べられるなんて、しかも男を奪った女と共に——そのことを、どう思っているのだろうか、忌々《いまいま》しくはないのだろうか――「平家物語」に登場する白拍子・祇王の像を見る度に考えた。賑《にぎ》やかな、この静寂で小さな寺に似合わない大きな声が背後から話し声が聞こえた。

朝一番に来てよかった。紅葉の季節はこんな小さな寺にも人が溢《あふ》れてしまう。喧騒《けんそう》が訪れる前に退散せな――陶子は靴を履き、平清盛《たいらのきよもり》の供養塔と、その愛妾《あいしょう》であった祇王の墓の前を通り出口へ向かった。

さきほど朝日に翳した紅葉をそのまま手にしていた。先端が枯れかかってはいるが、朱色が鮮やかだ。

これで何か作ってみよう、アクリルで固めて写真立に加工するのもいいかもしれない。

陶子は自然の花や葉を使って小物を作るのが好きだった。花や葉だけではなく、着物の端切れを使いアクセサリー作りなども始めた。

二年前から趣味で作り始めたのだが、今は働いている嵯峨野《さがの》の鳥居本《とりいもと》の小さな土産《みやげ》物《もの》屋にも置いてもらっている。

もともとこういうことを始めたのは夜の長さのせいだ。土産物屋の仕事は閑散期は十八時、繁忙期は十九時で終わる。

陶子の住む小さな家は店と祇王寺のちょうど真ん中にあり、交通の便がそうよくはないのと古いのとで家賃が格安だった。二部屋だがひとり暮らしには十分だ。

京都の西の嵯峨野は、昔は世を捨てた貴族や皇族たちの別荘や寺院が立ち並んでいた場所だという。今でもその名残《なごり》があり、風情のある場所として春や秋には多くの観光客が訪れる。

しかし賑やかなのは昼間だけで、夜はほとんどの店が閉まり、静かで暗い。フラッと飲みに行くような場所も遊ぶところもなく、車もほとんど通らず、ただ名も知らぬ鳥の声だけが聞こえている。

だから夜になると家にいるしかなかった。テレビにもインターネットにも興味のない陶子は本を読むか、手を動かして小物を作ることでしか時間の過ごし方がわからない。

何かを作ると無心になれるのが有難かった。

ここで暮らす前に、いつ来るかわからぬ男を待つ生活をしているときに覚えたものだった。

二度と会えない人、そして自分を捨てた男を思い出すことは苦しかった。それなのに、男に馴染《なじ》んだ身体《からだ》が、覚えているよ恋しいよと泣く。

どうしようもない、本当にどうしようもないのだ、会えないのだから。

土産物屋の女主人は、あんたもまだ若いんだから、きれいなんだからと言っては男を探しなさいと匂わせてくるけれど、そういう気には、なれない。まだ三十三歳で、この先一生ひとりでいると決めたわけでもない。けれど、まだ、駄目だ。

二十代の間、ずっと、そばにいて肌を合わせ自分の全てともいってよかった男を毎夜毎夜思い出して身体が恋しがるうちは、他の男を求める気にはなれない。馬鹿げているとは自分でも思うが——この世にいない人なのに。

陶子は祇王寺から家へ戻った。今日は仕事が休みだから、ゆっくりできる。

京都の山科《やましな》で生まれ育った陶子は、背が高く大人びた容姿の為か学生時代に劇団に誘われて、舞台活動にのめりこんだ。

短大を卒業して就職せずに女優を志すと言うと両親には大反対され家を出てひとり暮らしを始めた。クラブホステスのアルバイトをしながら劇団に在籍していたが、挫折は早かった。

オーディションには落ちまくり、批評家には酷評され、自分より美しく演技力があり、何よりもその道を邁進《まいしん》する努力をしているたくさんの女たちに遭遇し、自分の甘さを思い知った。そこで、なにくそ負けるものかと奮起する気力もなかった。

そんなときに、清良総一郎《きよらそういちろう》と出会った。

総一郎は七条《しちじょう》に本店を置く代々続く仏具屋の主人だった。寺の多い京都には仏壇や法衣《ほうえ》や念珠《じゅず》を商う仏具屋が多いが、その中でも総一郎の店は陶子でも知っているほど名の知れた店だった。

陶子が働く祇園《ぎおん》のクラブに総一郎が僧侶たちに連れられて来たのが出会いだった。

陶子よりちょうど二十歳上の総一郎は亡くなった父親の跡を継いだばかりだった。

陶子が劇団に所属していると聞いた総一郎は「次の舞台はいつなんや？　観に行って、ええか」と聞いてきた。

口だけだと思っていたらそれから一か月後の舞台に総一郎はひとりで本当に現れた。けれど、その舞台は陶子にとってはただただ忌まわしいものとなった。

主役の女優の輝きに圧倒され、思うように声が出せず身体が動かせず、ぎこちない最低の演技になった。

もう、あかん、もう終わらせな――そう思った。

劇団の打ち上げに参加する気になれなかった陶子を総一郎が誘った。舞台の感想は一切言わなかった。総一郎にも、陶子が女優に向いていないことはわかったのだろう。

その夜、陶子は総一郎と寝た。

何度か会ううちに総一郎は陶子に店の近くに部屋を与えようと言った。

つまりは愛人に、妾《めかけ》になれということだ——総一郎には妻子がいるのだから——陶子はそれを承諾した。

女優には見切りをつけようと思っていたし、ひとりで生きていく自信はなかった。

家に帰ると、朝出かける前にセットしてあった白米がちょうどほどよく炊き上がっていた。土産物屋の主人にもらった西利《にしり》の大根の漬物を切り、豆腐の味噌汁《みそしる》を作り、葱《ねぎ》の入った玉子焼きを作る。

京都の豆腐は、どこで買っても大抵美味《おい》しい。嵯峨野には有名な森嘉《もりか》という店があった。豆腐もいいが、飛竜頭《ひりょうず》が絶品だ。焼いて生姜醤油《しょうがじょうゆ》をつけて食べるのが好きだ。今日の味噌汁の豆腐は森嘉ではなく近所の豆腐屋の物だったがそれでも十分美味しい。これから冬になると湯豆腐が楽しめる。お金もなく、将来も不安で、友人も恋人もおらず寂しいけれど、こんな毎日も、そう悪くない——総一郎の元を離れて三年経ち、やっと時折そう思うようになれた。

朝昼兼用の食事を済ませ、陶子は先ほど祇王寺で拾った紅葉を文机《ふづくえ》の上に置いたまま、着物の布地を使って花の髪飾りを作り始めた。

知り合ってすぐ昼間にふたりきりでデートをしたのは、この嵯峨野だった。

誰かに見つかると困るので手を繋ぐことは出来なかったけれど、常寂光寺《じょうじゃっこうじ》や二尊院《にそんいん》、壇林寺《だんりんじ》、そして祇王寺をまわった。

　大学は史学科だったという総一郎が、一つ一つの寺の説明をしてくれた。「平家物語」に登場する祇王の話も――まさかその時には自分が同じ境遇になるとは思わず、無邪気に祇王寺の紅葉の美しさにはしゃいでいた。

　朱色の落葉が苔《こけ》を覆う庭にしゃがんで、小さな紅葉の葉を手にした。

　総一郎もしゃがみこみ、陶子の手に自分の手を添えた。その時ふいに煙草《たばこ》の味が残るキス、服を着ていると細身なのに脱ぐと厚い胸板のしっとりとした肌の感触、執拗《しつよう》とも言える愛撫《あいぶ》――一瞬にして初めて寝たときの記憶が甦《よみがえ》り、思わず苔の庭にそのまま崩れ落ちそうになった。

　そうだ、あの紅葉に加工をして栞《しおり》にして、総一郎に渡したのが、自分が何か小物を作り始めた最初だった気がする。

　何か残したかったのだ、記念に。

　妻子がいて目立つ物は贈れないから、栞ぐらいならいいだろうと――あの時に、「この男は私のものだ」と思ってしまったから、そのあかしを作ろうと思ったのだ。

　陶子は手をスカートの中に入れた。あかん、こんなん――そう思ってはいても、指がそこを這《は》わずにはいられない――陶子は声を殺し、まさぐり、声を殺しながら迎えた絶頂の瞬間に総一郎の顔を思い浮かべ、そのままぐったりと眠りについてしまった。

呼び鈴の無粋なブザー音で目が覚めた。

時計を見ると、夕方の六時だった。随分寝てしまったようで外も暗い。こんな時間に誰だろうと陶子は立ち上がりスカートの皺《しわ》を伸ばしながら玄関に向かう。

「どちら様ですか」

女のひとり暮らしだ。扉を開けずに陶子は聞いた。

「つぶらです。陶子さん、こんばんは」

陶子は息を呑《の》んだ。

つぶら――「円」と書いて、「つぶら」と読む――そんな名前で、柔らかい京ことばのイントネーションの透き通るような声の持ち主は、ひとりしか知らない。けれど、何故《なぜ》――。

陶子は扉を開けた。

「いきなりごめんなさい。中に入れてくれはる？　もうこの時間になったら寒いなあ」

陶子が答えるより早く、つぶらがするりと流れるように陶子の脇をすり抜けて上がり口に腰をおろしブーツを脱ごうとしている。

「つぶらさん――どないしたん――」

「陶子さんに会いに来たんや。ほんで、今、行くとこあらへんねん。二、三日泊めてや」

「泊めてって、ちょっと、つぶらさん、いきなり何を言うてはるの」

「迷惑はかけへん。おとなしくしとるし」

つぶらはブーツを脱ぎ、部屋に上がる。大きなリュックサックを部屋の隅に置き、茶色の革のジャケットを脱いで電気炬燵《ごたつ》の前の座布団にちょこんと座った。

三年ぶりだが、ほとんど変らない。耳の下で切りそろえられた真っ黒なストレートの髪の毛に、白い肌。鼻の周辺には少しそばかすがあるが、それが愛らしい。黒目がくっきりとして印象が強い瞳。ぷっくらとした唇を恥じるかのように、薄いオレンジの口紅を小さめに枠を作り塗っている。

背は陶子より少し低いが、手足が長く、ぴっちりとしたジーンズがよく似合う。ジャケットの下には、薄手の真っ赤なセーターを着て、こんもりと胸が膨らんでいる。

少年を思わせる顔にその膨らみがアンバランスで目を惹《ひ》いた。

つぶらに初めて会ったとき、総一郎が惹かれるだろうということが一瞬でわかった。そして実際、そうなった。

あの頃、つぶらは二十歳で、生命力に溢れていた。同じ「女優志望」でも自信喪失して諦めかけていた陶子とは全く違う。全身にエネルギーを漲《みなぎ》らせていて、まぶしかった。

「いきなりそんなん言われても、うちにも都合が……」

「誰か来はるの？」

つぶらはじっと陶子の目を見て聞いた。

――誰も来る予定などない――陶子が黙ったのを承諾と解釈したのか、つぶらは炬燵にもぐりこみ、座布団を枕にして横になった。

「邪魔にならへんように、ここで寝るから。陶子さんは気にせんといて。昨日寝てへんから、眠くてたまらんねん。ちょっと寝かせて」

そう言うと、つぶらは大きなあくびをして、そのまま寝息を立て始めた。

陶子はわけがわからぬまま、とりあえず風邪《かぜ》をひかぬようにと、毛布をその上にかけた。

つぶらの寝顔は赤ん坊のようだった。身体は細いのに、頬がふっくらとしていて幼く見える。

かつて、総一郎を奪い、自分の生活を変えてしまうきっかけとなった女の寝顔を見ながら陶子は大きく息を吐《は》いた。

つぶらが陶子と総一郎の前に現れたのは三年前だ。陶子の友人が主演の舞台を総一郎と観劇し、そこで主人公の妹を演じていたのがつぶらだった。

明らかにつぶらは主演を食っていた。よく通る声、しなやかに動く身体。顔の造作ならば主演の女優の方が整っているだろう。けれど存在感で圧倒していた。

芝居が終わり、ロビーに出演者たちが立っていた。総一郎はまっすぐつぶらに近づいて何か喋《しゃべ》りかけていた。陶子は近寄ることが出来なかった。

「おもしろい娘《こ》やな。今度チケット売る機会があれば連絡しなさいと言うたら、おじさんあんまり興味なさそうやから、ええわって言われたんや」と、帰り道に嬉《うれ》しそうに総一郎が言った。

その時から、もうわかっていた。

それから二度ほど、つぶらの舞台を総一郎と観に行った。つぶらとも顔見知りになったが深く話をすることはなかった。

総一郎の足が遠のいたなと思ったら弁護士が手切れ金とマンションの立ち退《の》きの話をしたいと連絡してきた。

せめて自分の口から別れ話をして欲しかったと怒りを覚えたが、妻のいる身だからいつか離れなければということはわかっていたし潮時なのかもとこらえた。

反抗することにより総一郎を本当に失ってしまうのも怖かったのだ。ものわかりよくすることにより、いつか彼が自分のところに戻ってくるかもとの期待もあった。

つぶらが陶子が住んでいたマンションに入っていく姿を見たのは三か月後のことだ。まさか自分が住んでいたのと同じ部屋に、と総一郎の無神経さが悲しかった。あの部屋でふたりが睦《むつ》み合っているのであれば、恨みつらみの一つでも書き残しておくべきだったと思った。

それから陶子は嵯峨野に家を借りて働き始めた。

そうして二年が過ぎた頃、総一郎が亡くなったと人づてに聞いた。癌《がん》だった。

これでもう恨み言を言うことも、二度と会うことも、自分のもとに戻ってくることもなくなったのだ。

恨みも憎しみも行き場を失い、陶子は虚脱状態に陥った。それでも容赦なく、思い出は時折、押し寄せてくる。

炬燵に横になったつぶらはそのまま眠り続けた。

朝になり、陶子が起きても寝息を立てている。今日は早めに土産物屋に行かねばならないが、この赤ん坊のような寝顔を見ていると起こすのも忍びない。

合鍵《あいかぎ》を炬燵の上に置いて、陶子は家を出た。

自分のせいで陶子が総一郎から捨てられたことも知っているだろうに、何故来たのか。

紅葉の季節で観光客がひっきりなしに店を訪れる。休む間もなく十九時に仕事を終え、陶子は帰り支度をした。

　空腹だが作る気になれない。家にあるインスタント麺で済まそう。冷凍しているご飯で雑炊《ぞうすい》を作ってもいい。この辺りはコンビニもないから、こういう時に不便だ。

　そういえば、つぶらはまだいるのだろうか。

　家に帰りいつも通りに扉を開けると、思いがけぬ匂いがした。

「お帰り、ご飯ちょうど出来たところやで」

　陶子のエプロンを身に着けたつぶらが台所に立っていた。

　玉子とキクラゲの中華炒《いた》め、切り干し大根、豆腐とツナと玉ねぎのサラダ——家にもともとある材料で作られた物だとすぐにわかった。

「さ、冷《さ》めんうちに早よ食べよ」

　つぶらはそう言い、匂いで空腹を刺激された陶子もそれに従った。

　ほとんど会話はなく、二人で食卓を囲んだ。

　誰かと食べるなんて、久しぶりだと陶子は思った。

「何でうちの家、知ったん？」

「弁護士さんに聞いたんや」

　それだけ話をした。口には出さなかったけど、つぶらの料理は悔しいほど絶品だった。

風呂をわかし布団を敷いた。

「先に入る？」と聞くと頷《うなず》いたつぶらはそのまま風呂場に行った。

ここに来た理由を聞くタイミングをすっかり失ってしまった。

風呂場から水の音が聞こえる。

陶子はつぶらの裸体を想像した。

総一郎が、死ぬ前に、最後に愛したであろう身体を。

「平家物語」の祇王の話を教えてくれたのは総一郎だった。

都に名高い白拍子の祇王・祇女《ぎじょ》の姉妹は母の刀自《とじ》と共に平清盛の寵愛を受けるが、ある日、その生活は一変する。十七歳の仏御前《ほとけごぜん》という白拍子が権力者・清盛に舞を見せにやってきた。無礼な奴めと怒る清盛を取りなしたのは祇王だ。その情けが仇《あだ》となった。仏御前の舞を見た清盛はその姿に心を奪われ、祇王はお払い箱となる。祇王は館を追い出されることとなるが、

「萌えいづるも　枯るるも同じ　野辺の草　何《いず》れか秋に　あはではつべき」

と障子に書き残す。

ある日、清盛から使いが来て、退屈している仏御前の前で舞を舞えとのお達しだった。

屈辱を感じながらも時の権力者には逆らえず、祇王は清盛と仏御前の前で「仏も昔

は凡夫なり　われらも終《つい》には仏なり　いづれも仏性具せる身を　隔つるのみこそ悲しけれ」と、今様《いまよう》を謡い舞う。

祇王・祇女・刀自の親子が世の無常を感じ髪を下ろし尼となり嵯峨野でひっそりと暮らしていると、ある夜訪ねてくるものがある。扉を開けるとそこには仏御前。自分もいつかは同じ境遇になるのだと世の無常を感じ出家したという。十七歳の若さで髪をおろした仏御前と祇王たちはその地で仏に仕え往生を遂ぐ――。

総一郎と初めて祇王寺に行き、その話を聞いたときは、まさか自分が祇王のような境遇になるとは思いもよらなかった。

若く、女の目から見ても魅力的な娘に、いとも簡単に男を奪われ、まるでもののように捨てられるなんて――妻のいる人の恩恵を受けた罰だろうかとも思った。

「お先」

タオルで髪の毛を拭きながらつぶらが風呂から上がった。

化粧っ気がないと更に幼く見える。上気する肌が水を弾いている。

陶子は唇を嚙《か》みしめて、無言で風呂場に向かった。

つぶらは炬燵でいいと言ったが布団を並べて敷いた。

テレビもない家は静かで、何かする気にもなれずに十時には陶子もつぶらも布団に入った。今日は忙しかったせいか、うつらうつら眠気に襲われる。陶子は目を閉じた。どれぐらい経ったのだろうか。すぐだったような気もするし、夜中だったような気もする。

「あっ……」

陶子は自分の声で目が覚めた。柔らかく暖かいものが自分の上に覆いかぶさっていた。

包み込むように身体を抱きしめながら、ぬめりを帯びた熱いものが、自分の右の乳房の頂上を含んでいる。含まれながら、ちろちろと細かい振動が伝わり、全身に広がった。

「な、何……？」

自分が一糸まとわぬ姿になっていることに気付く。そして自分の上にいるものが裸の体温を伝えていることも――。

暗闇の中で目が段々と光景をとらえていく。肉体が覚醒すると同時に全身に懐かしい疼《うず》きが広がるのも自覚した。

「ねぇ、教えて欲しいんや。総一郎さんと、どんなふうに、してたんや？」

陶子の硬く屹立《きつりつ》した乳首から、ちゅぱっという音をさせて口を離したつぶらが言った。

そのまま身を起こし、陶子にまたがる。

「ええ身体や。総一郎さんが、よう言うてたわ。陶子は最高やって」

つぶらは両手で陶子の乳房をつかんで、持ち上げるように揉《も》み始めた。

「私のより、柔らかいんやね。総一郎さんは、陶子のおっぱいは大きくて柔らかくていつまでも触っていたくなるって言うてたけど、ほんまやな。私のはまだ固いんよ。若いからやって言われてたけど」

総一郎がそんなことを言っていたなんて――陶子は耳を疑った。けれど自分の乳房をそう言いながら愛《め》でていたのは確かだ。

陶子は身をよじらせ、つぶらの下からすり抜けようとしたが、身体が言うことをきかない。久しくなかった甘酸っぱい果実のような匂いが部屋に広がっている。

その匂いの出所がどうなっているのかも知っている。シーツが濡《ぬ》れているはずだ、太ももの内側がしっとりとぬめりを帯びているのがわかる。

「やらしい、匂いや」

つぶらの言葉に陶子は恥ずかしさに身をよじる。

「やめ、て……あかんて……」

「こんな感じやすいようには見えへんのになぁ。まだそこ、触ってもいないのに、びしょ濡れやろ」

つぶらが前かがみになり、陶子の顔を両手で挟みながら、自分の顔を近づけてきた。石鹸《せっけん》の匂いが漂い、柔らかいものが唇に押し付けられた。その柔らかさを味わう間もなく、小さな軟体動物のような舌が唇の狭間《はざま》から侵入する。

嫌悪感はなかった。むしろ懐かしさに身体を委ねてしまいたかった。

頭は混乱しているのに、身体はすっかりつぶらに従っている。口の中を這《は》いまわる舌に自らの舌を絡みつかせてしまった。

キスなんて、何年ぶりだろう……昔は当たり前のように会う度に何度も総一郎に唇をねだっていた。

総一郎も陶子も唇を合わせることが好きだった。交わりながらも何度も舌を絡ませた。

つぶらは唇を離し、身体を移動させる。陶子の肉付きのいい太ももの内側に手を入れ、ぐっと押し開いた。

「いやぁっ!!」

さすがに声を上げてしまった。そこが濡れそぼっているのはわかっている。つぶらが顔を近づけた。

「暗くて、よう見えへん」

そう言って、枕元にあった読書用のライトを引き寄せ、スイッチを入れた。

光が下半身を照らし、陶子は思わず顔を手で覆い隠す。

これは総一郎がよく陶子にやっていたことだった。

恥ずかしがらせようと、そこを観察し舐《な》める時だけ明かりをつけるのだ。

「私のも……見て……」

そう言うと、つぶらは身体の方向を変えて、逆向きになるように陶子の上にまたがった。

陶子が手の隙間《すきま》から眺めると、つぶらの背中が見える。

手足は細く長いのに胴が妙にがっしりしていて長く、胸も尻も大きく丸い。

こうして脱ぐと尚更《なおさら》それがわかる。そのアンバランスさが生々しく色っぽい。

背中は全く吹き出物もなく真っ白で艶《つや》やかだ。

背中からすっとまっすぐ視線を下ろすと大きくぷくっと丸い尻と、その窄《すぼ》まりの暗闇が見えた。つぶらはうつ伏せになり、窄まりから女の肉の器官を見せつけるように、くいっと尻を上げ、陶子の鼻先に浮かす。むわっと女の匂いがした。自分のよりは酸味が強い気がする。

女のその部分をこうして見るのは初めてだった。目が離せない。

薄い肉が合わさったところは紅葉のように朱色で白い樹液が肉に絡みついている様子が見えた。

その先に、飛び出ているような朱色の突起物は、クリトリスだろうか。自分のものとは形も色も違う。思ったよりもつぶらのものは色が濃かった。

陶子は自分の女の肉を総一郎により何度も鏡に映され、写真を撮られ見せつけられていた。

「ほんまや、陶子さんのここ、綺麗やな。桜色で、びらびらが小さい。ビロードみたいな肌触りがする」

つぶらの声が自分の下半身の方から聞こえた。

同性に見られているなんて、しかも恋人を奪った女に――羞恥《しゅうち》と混乱で身体が震える。

見んといて――そう口に出そうとした瞬間、陶子は「あっ!!」と、部屋に響き渡る声を出してしまった。

長く自分の指しか触れていなかったその部分に、柔らかいものが押し付けられた。

それがつぶらの唇だとわかっても羞恥や嫌悪感を感じる前に頭の中が真っ白になった。

つぶらは陶子の女の花園に顔を埋め、舌を伸ばし、花びらの縦の合わせ目に沿って上から下へ弾くように舐め上げた。

ぴちゃぴちゃと、陶子の汁かつぶらの唾液かわからぬ音が聞こえる。

「うぅ……」

陶子は必死に声が出るのをこらえた。

この三年間、自分の指でそこを慰めることはあったけれど、こんなふうに他人の柔らかい舌でいじられるのは久々だ。忘れていた感触を一気に思い出した。

「陶子さんのお汁が、溢れて、口がべとべとになってしまうわ」

「かんにんして……」

つぶらの言葉嬲《なぶ》りが、総一郎に似ていると気づいた。

年齢のせいか、総一郎は挿入そのものよりも前戯に時間をかけた。普段はクールで物静かな実業家といった顔を世間に見せている総一郎が、責めというよりも奉仕がこんなに丁寧だと知ったら皆はどう思うだろう。

陶子の足の指から膝《ひざ》の裏側、腋《わき》の下、乳房のつけねまで丁寧に舐めた。女の合わせ目の花びらを一枚一枚、隅から隅まで舌先でなぞり、口に含んで転がした。総一郎を知るまで処女だったわけではない。けれど、こんなにも丁寧に味わう男は初めてだった。

それは「責め」ではなくて「奉仕」だった。身体の隅々まで愛撫されると尽くされているように感じた。

自分は世間からは、家庭のある男を家で待ち続ける愚かな女と見られていたであろうが、尽くしていたのは総一郎だったと今でも思う。

そして、その時には愛情を感じることが出来た。決して言葉で「愛している」「好きだ」とは言わない男だったし、自分もその言葉に縋《すが》ってしまいそうだから、それでいいと思っていた。思い込もうとしていた、捨てられるまでは。

あんな捨てられ方をして、恨むことしかできなかった。

けれど当人は知らぬ間に亡くなってしまい——伝えることも、もう、出来ない。辛いけれど、忘れられない。

長い間、心と身体に刻まれた男の痕《あと》が——それが、つぶらにより溢れだされた。

つぶらは陶子の足をぐっと開いた。ひんやりした空気が濡れそぼったその部分に当たった。

「ここ、ほんまに小さぃんやなぁ。そやけど、めちゃめちゃ感じやすいんやてな」

そう言うと、つぶらは陶子の既に張り裂けそうなほど勃起してる真珠のような快感の先端を口に含んで、舌を絡ませた。

「ぁあっ!!」

思わず陶子は頭を浮かせてしまった。

そうすると、つぶらのうっすら匂いを発している女の部分が、顔の上に伸《の》し掛かってきた。

「陶子さんも、舐めてええで。舐め合いっこしよ。うちら、同じ男の身体を味わったんや。ここも同じ男に舐められたんやで」

陶子はつぶらの艶やかな大きい尻の下で懸命に舌を伸ばした。けれど、つぶらの舌が自分の先端に触れる度に、口を離してしまう。

「ああっ！　ああっ！」

「やっぱりここが陶子さんの急所なんや、大きな声出して。気持ちええんか？」

つぶらの問いには答えなかったが、声が出ることは止められなかった。

気持ちが良くておかしくなりそうだったが、それを口にすることはまだ抵抗があった。

それを察したのか、つぶらが口をすぼめ、陶子の先端をきゅううぅと吸い上げた。

「やぁあああっ!!」

陶子は大声をあげた。

「気持ちがええんか？　よくないんか？　どっちなんや？」

つぶらの声が、媚《こ》びを帯びながらも尖《とが》っていた。

「……うぅっ……き、気持ちがいい……」

「最初から素直にそう言うたら、ええんや」

つぶらが笑いを籠めた声で、そう言った。陶子は屈辱を感じながらも、逆らうことが出来ない。

つぶらは股間に顔を埋めて、縦の筋をぴちゃぴちゃと味わうことを再び始める。時折、舌を、ぐっと中に差し込む。中の襞《ひだ》を味わうように。

これも総一郎と同じやり方だった。喉が渇いた猫がミルクを舐めるように、ぴちゃぴちゃと音を立てながら、舌を動かし掻《か》きまわす。

陶子はその間、唇をつぶらの女の部分に押し付けていて、わずかに舌を動かすぐらいのことしかできなかった。

「なぁ、陶子さん」

つぶらが顔をあげた。

「どんなふうに、してたん？」

「どんなふうにって……」

「総一郎さんに、どんなふうにしてたん？　陶子はこっちが何も言わなくても、して欲しいことをしてくれるって言うてたんや。どんなふうに、してたん？　教えて」

つぶらはそう言うと、陶子の身体から身を起こし、自分の荷物を探った。

リュックサックを漁る音がする。

「これ、使わはる？」

つぶらが仰向けに横たわったままの陶子の目の前に出してきたものは、肌色のシリコン製の男性器を模《かたど》った張り形だった――覚えがある。

総一郎は、別れる二年ぐらい前から、こういうものを使うのを好み始めた。身体がだるいと訴えることが多くなり、勃《た》ちも悪くなった。年齢のせいだと言っていたが、今思うと、それだけではないのだろう。

もしかしたら、その頃から病魔の小さな種が身体の中で芽生えていたのかもしれない。

懐かしさが、こみ上げてきた。自分はいつか、もうお前を悦《よろこ》ばすことが出来なくなるからと、寂しい思いをさせていると謝る総一郎のことを思い出した。

「横になって……」

陶子はそう言って、身体を起こした。

つぶらは促されるままに、さっきまで陶子がそうしていたように布団の上に仰向けに横たわる。

「それを、そこにあてて、そうや……」

つぶらは張り形を自分の股間にあてた。両手で根元を持ち支える。

陶子に従属し、うっとりと待ち構えるかのように。

「総一郎さんは、うちが上になってするのが好きやった。奥まで入るから、陶子の奥まで味わえるからって、言ってくれたんや」

陶子はそう言って、腰を落とす。十分に濡れているから大丈夫だろう。先端に手を添えながら、三年間、誰も訪れることがなかった女の秘穴に、張り形を沈める。

あの人のものだ、これは総一郎のものだと、その姿を浮かべながら。

最初は少し痛かった。けれどそのまま奥まで沈めると、懐かしい疼《うず》きだけが広がる。

「ぁあ……」

陶子は足を蟹股《がにまた》に広げる。繋《つな》がっている部分を、見せつけるように押し出す。

目を閉じると、自分の身体の下にいるのは紛れもなく総一郎だと思うことが出来た。

腰を上下に動かしてみる、ときには緩急をつけながら。

この形のときに、一番、総一郎は声を出す。自分の下から聞こえる男の喘《あえ》ぎ声が好きだった。愛おしかった。

男の啼《な》く声が聴きたくて、腰を懸命に動かした。

──陶子、ああ、気持ちええわ、陶子の──最高や──。

総一郎の声が聞こえたような気がした。

陶子は熟れた果実のような乳房をたぷんたぷんと揺らしながら、腰を動かす。

「……きれいや、ほんまにきれいやわ、総一郎さんの言ってはった通りや、自分の上で必死に悦《よろこ》ばそうと動いてる陶子さん、ほんまにきれいや」

つぶらがうっとりと陶酔したような声で、そう言った。

陶子の全身はもう汗がにじんでいた。

――何度こうして跨《また》り腰を動かしただろう――顔が上気し髪の毛も乱れている。唇は朱色に染まり、半開きになり喘ぎ声を繰り返し発し続けている。

「総一郎さん……」

陶子の目から涙がこぼれた。

愛していたのだ、誰に何と言われようと、妻子があり一緒になることは出来なくても、その死に目には会えないとわかっていても――こうして確かに繋がっていたのだ。

「ああん……陶子さんのお汁で、うちの手がもうびちょびちょや」

つぶらが言った。

張り形を手にした手が、てかり、艶々《つやつや》と光っていた。

つぶらは陶子の腰が深く沈んだ瞬間に、片手を伸ばし、先ほど自分が吸い上げた快楽の先端を人差し指と中指で、きゅううぅうっと挟む。

「うぁあっ!!」

陶子がのけぞった。全身に鳥肌が立ち、そのまま抗《あらが》うことの出来ない大きな力により一気に天へ押し上げられ、頂上に達すると身体が重さを失い、ゆっくりと落下傘のように、ふわりふわりと墜《お》ちていく――。

――抱きしめられ、包み込まれ、愛されている安心感に全てを委ねられるこの懐かしい感触――いつ以来だろう――

そのままばったりと、つぶらの上に覆いかぶさるように倒れ込み、息を吐きながら目を閉じた。

「――何で――」

果てた陶子は呼吸を落ち着かせると、肌を合わせつぶらに寄り添っていた。

汗ばんだ皮膚がしっとりと馴染んでとけてしまっているようで、離れがたい。

「何でって、私がここに来た理由？」

「うん」そう答えながら、陶子はつぶらの唇に自分の唇を押し付けた。

さっきから、何度こうしてお互いに唇を合わせたことだろう。この三年間の不在を貪《むさぼ》るように、唇を乞う。

「別に、陶子さんに会いたかっただけや。総一郎さんの口からよう聞いてたからな」

何を話していたというのだ――私をあっさりと捨ててそのまま死んでしまった男は――。

「総一郎さんはうちを捨てた人や」

「陶子さんの方から別れられへんからやろ。別れなあかんって思ってたのは陶子さんの方ちゃうの？　私のことは、きっかけやったんや――総一郎さんは、陶子さんの話は、ようしてた。私にしか話せんからやろな――その気持ちが今になってわかってきたわ。身近な人がいなくなると誰かと語り合いたくなる。ひとりやと、記憶がまぼろしみたいやけど、誰かと話すと、ほんまやったんやって実感できる。そやから、私も総一郎さんのこと、陶子さんと共有しとぉて、来たんや」

自分の命が長くないことを知り、愛人である女に死に目に会えない辛さを味わわせないために捨てた――そんな想像がふとよぎったが、あまりにも都合が良過ぎる美談だと、陶子は、その考えを一瞬にして振り払った。

今となっては真相は藪《やぶ》の中だ、総一郎はもういないのだから。

「萌えいづるも枯るるも――」

祇王が館を追い出されるときに書き残した歌をつぶらが口に出した。

「枯れてへんやろ、陶子さんは」

陶子はつぶらの乳房に触れながら、もう一度唇を重ねた。

どうしてこうしているのかわからない。

けれど触れずにはいられない、この女に、愛する男と寝た女に。

「つぶらさんは、どうやったん？　総一郎さんのことを愛してたん？　好きやったん？」

もしかして残酷な問いかもしれないと思いつつ、陶子は口に出した。聞かずにはいられなかった。

「あたりまえや。そやから、ここに来たんや」

つぶらが穏やかに笑い、陶子の唇に自分の唇を触れさせた。

絹織物に触れたようなしなやかで柔らかい感触が、唇から全身に広がった。


風の音で目が覚めた。鋭く細い冬の音だった。

裸のままで眠ってしまったので、ひんやりと肌寒く、布団を引っ張り上げた。

もう一度眠りにつこうと目を閉じた瞬間、陶子は隣に誰もいないことに気づき身を起こした。

つぶら――布団は確かに二つ敷かれたままだが、そこに人の気配はなく、部屋の隅に置かれていたはずのリュックサックやジャケットもなかった。

風呂場にもトイレにも人の気配はない。

部屋の中に、「誰かがいない」という空虚さ、存在の破片のようなものの気配だけがあった。

その破片が、つぶらのものなのか、総一郎のものなのか、わからない。

自分は取り残されたのだという寂寥感《せきりょうかん》に包まれ、陶子の手足が冷たくなった。

あの人は、もういないのだ——そんなことはわかっていたつもりだったのに、まだ私は待ち続けているのだ——。

ふと、文机の上を見ると、一昨日祇王寺で拾ってきてそのままにしてあった紅葉の葉がなくなっていることに気付いた。

その代わりに、一枚の栞があった。和紙に小さな紅葉が張り付けられ、その上からラミネートで加工してある栞——それは、陶子が総一郎と初めて嵯峨野を巡った折に、祇王寺で拾った紅葉で作った栞だった。

九年前、会えないときに、総一郎が自分のことを思い出してくれないかと願い贈った栞——そこに閉じ込められた紅葉は、枯れてはいても鮮やかな朱色を残していた。

血潮のような赤い色——この紅葉は、まだ生きているのだ——。

陶子は、その栞に唇を触れた。何度も、何度も、柔らかい唇を押しつけた。

涙がほろほろとこぼれるのもかまわず、生きて萌えている紅葉に、くちづけた。

第五話　忘れな草——長楽寺《ちょうらくじ》

長楽寺

円山公園の傍にある寺。平清盛《たいらのきよもり》の娘で高倉《たかくら》天皇の中宮である徳子《とくこ》が出家したと伝えられている。平家一門は源　義経《みなもとのよしつね》により壇ノ浦に追い詰められ、徳子の母・二位の尼は徳子の子の安徳《あんとく》天皇を抱いて入水《じゅすい》する。徳子も海中に身を投げたが源氏方に助けられ京都に送られる。かつては天皇の中宮であり母であり、時の権力者の娘として世の栄華を一身に浴びた徳子は、何もかも失って長楽寺で出家したのち、京都の北の大原で寂しい余生を過ごしたと伝えられている。

年齢を重ねるごとに、春が嫌いになってゆく。

出来ることなら満開の桜なんて見ずに春を終えたい。

華やかで人が楽しそうに浮かれている季節は、なるべく出かけずにいたいのに。

志奈子《しなこ》はため息を吐《つ》きながら人で埋め尽くされた石畳の道を歩いていた。

風に乗って舞う薄桃色の花びらが視界を覆う。

華やかで人が皆、楽しそうにしている光景なんて目にしたくない──そうは言っても、外に出ないわけにはいかない。仕事があるのだから。

広い公園に溢《あふ》れんばかりの花見客は、昼間から酒を飲み顔を赤くして浮かれている。

志奈子はアルバイト先の東山《ひがしやま》の下河原《しもがわら》の料亭から仕事を終え帰る途中だった。

普段ならば自転車で行き来するのに、この季節は人が多すぎるから歩くしかない。

歩いて二十分ほどの自宅は、バス停ふたつ分の距離があるけれども、バスも観光客で溢れているし、道も混んでいて結局歩いた方が早いのだ。

アルバイト先から家までの間に円山《まるやま》公園がある。そこには天然記念物に指定されている枝垂《しだ》れ桜があった。

その枝垂れ桜以外にも公園には桜が敷き詰められるように植えられており、春になると大勢の花見客が訪れる。

春は嫌い、桜なんか見たくないのに——いつも、そう唱えながら、花見客を避けて歩いていた。

両親と住む古い家に戻ると、誰もいなかった。定年退職した父と、週に三度ほど掃除のパートに出るだけで時間があり余っている母は、隣の県に住む姉の家に遊びに行っている。

ゆっくりしてきたらええよ、なんなら泊まってくればいいのに。

そう、声をかけたが、姉の家もマンションでそんなスペースはないから遅くなっても帰ってくるだろう。

姉にはふたりの子供がいる、小学生の男の子と、まだ小さい女の子。

本当は姉だって、実家に子供たちを連れて帰り両親に預けたい時だってあるだろうし、両親だって自宅にゆっくり孫を泊まらせたいだろう。実際、以前はそうやってもっと余裕を持って行き来していたのに。

志奈子が離婚して実家に帰ってくると、姉は子供たちを連れてこなくなった。

姉も両親も、志奈子には腫《は》れ物に触るかのごとく気を使っている。志奈子の前では、姉の子供の話もしない。不自然なほどに。

そこまで気を使われているのは心苦しくもあったけれど、子供の顔を見ると、思い出さずにいられないのは確かなのだ。

三十三年間生きていて、一番苦しくて悲しい出来事を。

志奈子は料亭の女将《おかみ》からもらった、お客さんのキャンセルの弁当を広げて、お茶を淹《い》れる。

料亭は別れた夫の同級生の家で、その伝手《つて》で紹介された。十一時から午後四時までのお運びのアルバイトだった。いずれはフルタイムで仕事を探さないといけないとは思っているのだが、自宅暮らしでそう生活費もかからず、上品な客層の料亭も居心地がよくて親にも職場にも甘えてしまっている。

誰もいない家はしんとしていて居心地がいい。最近はテレビを観ることも音楽を聴くこともなくなってしまった。

弁当を食べ終えて時計を見ると六時だ。寝るまで、まだ時間があるから、本でも読んで時間をつぶそうか。

昔ならば、誰かを誘い飲みに行くなりしていただろうが、今ではもう、外に出るのはアルバイト先との往復だけで十分だ。

友達とも縁遠くなってしまった。同情の眼で見られるのも言葉を投げつけられるのも苦痛で、距離を置いていたら、そのままになったのだ。

もう、それでもいいような気がする。友達なんて、一生いなくても、かまわない。

明日はアルバイトは休みで、夕方から別れた夫と会う約束があった。両親が帰宅するまでに布団に入った方がいいかもしれない。

早く風呂に入って寝てしまおうかと志奈子は腰をあげる。両親が帰宅するまでに布

孫と戯れたあとで、志奈子の顔を見て、悲しい出来事を思い出させるのは申し訳ない。

志奈子も辛《つら》いが、両親だって、平気ではないのだから。

幼い孫を失った出来事は。


麻友《まゆ》という名だった。夫である友彦《ともひこ》から一文字とったのだ。

それがよくなかったのかもしれないと、今は後悔している。

夫の名前だけが入ることにより、義母はまるで麻友が自分の身体《からだ》の一部であるかのように、溺愛《できあい》した。嫁である志奈子の存在など、なかったかのように。

もともと義母には気に入られていなかった。

志奈子の家は両親が若い頃に岡山《おかやま》の山村から出てきて、小さな染物工場を起こし、姉との四人家族で決して豊かではなかったが、日々の暮らしに困るほど貧しくもなかった。

夫の友彦の家は、代々続く京都の老舗の呉服屋だった。友彦の兄が家を継いでいて、友彦も実家で働いていた。

友彦の兄夫婦に子供がなかったこともあり、麻友は唯一の孫として可愛がられていた。

義父は志奈子に対して優しかったが、義母は最初に出会った時から、自分を見下していたのがわかった。

あとで知ったのは、義母は友彦に別の女との縁談話を持ちかけようとした際に、「結婚したい人がいる」と、告げられたらしい。その別の女というのは取り引き先の、義母が昔から可愛がっていた娘だったので、志奈子という女の存在を快く思わなかったのだ。

息子が自分に内緒で恋人を作っていたということにも驚いたらしいが、そんなことは成人の男なら、当たり前のことだろう。親にいちいち恋愛報告をするような男の方がおかしいのだ。

「まあ、自分で着物よぅ着らはれへんのんですか。やんちゃに育てられはったんどすなぁ」

着付けが出来ず、着物も持っていない自分に義母が投げつけた言葉が忘れられない。

志奈子の家は日常的に着物を着るような家ではないから着付けなど学んでもいないけ

れど、それが普通だろう。友彦の家が特別なのだ。

志奈子と友彦がいわゆる「合コン」で出会ったのも、義母からしたら気に食わなかったようだ。

「ええとこの娘さんは、そないなところに行かんでも良縁があるんどすえ」

と、呆れたように言われた。

それでも友彦と志奈子は結婚した。もし友彦が長男で跡取りならば、きっと頑強に反対されただろうけれど、次男だから許されたのだ。

一年後、志奈子と友彦は子供を授かった。どちらかというと友彦に似た線の細い顔立ちの女の子だった。

長男夫婦に子供がいないことから、初孫である麻友に対する義母の可愛がり方は度を越していた。友彦と志奈子の住むマンションに毎日のように訪れる。志奈子の好まない花柄の洋服を送りつけてくる。とにかく麻友から離れない。傍にいたくてたまらないのか、自分たちが住んでいるマンションに引っ越してきて欲しいようなことを匂わせてきた。

ただでさえ十分不愉快なことが多いのだから、同じマンションに住むなんて、ありえない話だ。

志奈子はうんざりして友彦にも訴えたが、「初孫だから嬉しいんだよ。年寄りだから大目に見て」とかわされたら黙るしかなかった。

けれど義母の方も呉服屋での仕事を放っておくわけにもいかなくなったのか、そのうち忙しさにかまけて訪れる回数も減ってきた。

慌ただしくしながら時は過ぎて、麻友が三歳になり、そろそろ次の子供をと友彦と話すようになった折の、あの事故だった。


学生時代の友人が京都に来て、数人で久々に集まることになった。

友人は結婚して相手の仕事の関係でカナダに行くことが決まっていた。卒業以来会っていない娘《こ》もいるし、久しぶりの同窓会のような集いを楽しみにしていた。

母親になるとどうしても家を空けにくい。これから友人たちも結婚し子供を産み、このように集まる機会はますます減るだろう。だからこそ、今のうちに会っておきたかった。

友彦は帰りが遅いし、その頃、実家の母が膝を悪くして入院していたので、仕方なく麻友を義母に預けることにした。

「母親が夜に遊びに行くなんて、私らの頃は大変おしたけどなぁ」

と、嫌味は言われたが、それよりも義母は麻友とふたりきりで過ごせることを喜んでいるようだったので聞き流した。

友人たちと楽しく飲んで久々に酔って、そろそろお開きにしようという時に、店にいるはずの義父から電話がかかってきたのだ。

麻友が、義父母たちの住むマンションの階段から落ちて全身を打ち、病院に運ばれたが意識不明だということだった。

一瞬にして酔いは醒《さ》め、思考ができなくなり、身体の力が抜けてその場に崩れ落ちそうになった。

事情を友人たちに説明することもできず、ただ、うわごとのように「病院に」と言って、タクシーを呼んでもらった。

到着すると、義父母と夫がいた。

——どういうこと——

志奈子は夫を問い詰めようとしたら、小さな声で「間に合わなかった」とだけ、呟《つぶや》かれた。

「なんで——お義母《かあ》さん、どういうこと——」

志奈子は義母を振り返った。義母は義父に肩を抱かれ号泣していた。

「お店から電話があって——ちょっと目を離してただけやのに——麻友ちゃんが——」

その時に志奈子がとっさにとった行動は無意識ではあったが、それまでの義母に対しての感情が蓄積されていたゆえのことだったと、後になってわかる。

志奈子は無言で義母の顔を平手で打った。気がつかぬうちに泣いていたようで涙が口に入る。

力まかせに、もう一度手を振り下ろす。

なんで――私の子供をこの女は守れなかったのだ――。

「志奈子！」

友彦が背後から志奈子を抱え込んだ。

「母さんだって、悲しんでるんだから――」

「私だけが悪いんやない！　子供を置いて遊びに行ったのはあんたやろ、志奈子さん！　あなたが家にいたら――」

「やめなさい！」

義父が義母を抱え込むようにする。それでも義母の口は止まらない。

「母親やのに子供を預けて、お酒飲んで遊んでたくせに、うちを責められるんか。酒臭い息で、顔を赤くして病院に来るなんて育ちの悪い――やっぱりあんたを嫁にしたんは間違いやったわ！」

「やめろ、黙るんだ！」

義父が義母をいさめる声も涙声になっていた。

――あなたが遊びに行ったから――

義母の言葉は鋭い矢となり志奈子を刺し傷を負わせた。

志奈子は、そのまま気を失って倒れてしまった。


それからの日々は、今はほとんど記憶に残っていない。

志奈子はほとんど寝込んでいるような状態で、葬儀が終わった。

葬儀の時に、義母とは一瞬、顔を合わせただけで口をきいてはいない。

娘を失っての夫とふたりきりの生活は、すぐに破綻《はたん》した。

友彦の顔を見ると、義母のことを思い出し、義母に対して何も言えなかった夫に対する腹立たしさが悲しみと共にこみあげてくる。あんたを嫁にしたんは間違いやったという言葉も。

夫が自分と一緒に義母を憎んでくれないのが不満だった。結局あなたは私よりお義母さんの味方なんだと、ついつい志奈子は夫を責めてしまう。

その反面、義母に言われた「あなたが遊びに行ったから――」という言葉が忘れられない。自分を責める夜が続くと、眠れない。

麻友のいなくなった家ではもう暮らせなくなり、志奈子と友彦はそれぞれ実家に帰った。

離婚届を出したのは、半年前だ。

元に戻ることができないならば、友彦は別の女性と結婚すればいい、きちんと夫婦という形を清算してしまおう——そう思った。

離婚を言いだすと、友彦は黙って頷いた。

そうして正式に離婚をしたはずなのに、月に二度か三度、会っている。

食事して——ホテルに行って——夜遅く家に戻るふたりに、双方の両親も何も言わなかった。


「仕事は忙しいん？」

「いつもどおり、志奈子の方は」

「観光シーズンやからお客さんが多くて、たまに残業もしてる」

「身体《からだ》壊すなよ」

「壊すほど働いてないって」

「ならいいけど」

懐石風中華料理を出す店の個室で、向かい合って紹興酒《しょうこうしゅ》の杯を傾けていた。

いつもたわいもない会話を続ける。決して麻友の話はしない——それだけが無言のルールだった。

「こっちは、まあ、忙しくはないんだけど、母親が――」

「お義母さん、どうしたの」

「腰痛で起きられないことが多くなった。もう、いい年だし。そろそろ兄夫婦と一緒に住もうかという話になってる」

「そっか」

義母とはあれ以来、会っていない。

あの後、自分も精神的にも肉体的にも参ってしまったが、義母も体調を崩すことが多くなったそうだ。

けれど、同情はしないし、会いたくもない。

それは向こうも同じだろう。

離婚して、もう完全に他人となってしまったのだから、わざわざ蒸し返したくもなかった。

「行こうか――」

デザートを食べ終えると、友彦が言った。

志奈子はこくんと、頷く。

どこへ行くのか、言葉に出されなくてもわかっている。

いつもの流れ、自然な、まるで恋人同士のようなコースをたどる。

会計はいつも友彦がした。離婚届を出してからは割り勘にしようと持ちかけたのだが、受け入れてくれない。

今のアルバイト先の料亭も、友彦の世話だ。随分と、この別れた夫に借りをつくってしまった。

料理屋を出て、タクシーに乗り、平安神宮《へいあんじんぐう》の傍で降りる。恋人同士であった頃から何度か行ったホテルにためらいなく入る。

人に見られたら、自分たちはどう思われるだろうか。

別れた夫婦だとは、誰も思わないだろう。タクシーに乗っている時から、自然に手を触れあっていた。ホテルに入る時も、手はつないだままだ。

このホテルはどこも同じような部屋だ。外観はオリエント風なのだが、中身はシンプルで、広いビジネスホテルのような部屋だ。お風呂が大きいのが気に入っていた。

部屋に入ると、友彦が志奈子の腰に手をまわして引き寄せる。

「やっぱり痩せた」

——そんなことない——そう反論する前に、唇が合わさった。

「さっき食べた、デザートの味だ、花の味」

「花の名前、忘れちゃったけど、花を使ったゼリーだって、言うてはったね」

「甘い——」

もう一度、友彦が唇をよせてくる。今度は舌がぐいっと挿し込まれる。差し伸べられた手に、自分の手を添えるように、舌をからませる。

「お風呂、入ろう」

志奈子が身体を離して、お湯を溜めようと浴室に行く。

一緒に暮らしていた頃も、麻友が生まれるまではたまにこうしてラブホテルに来ていた。大きな風呂でふたりでじゃれ合うのが好きだった。

ふたりでソファーに腰掛けて、ただキスを繰り返す。それだけで、心がほどけてゆくのがわかる。緊張がとけ、楽になれる。

そろそろかな――服を脱いで裸になり、ふたりで浴室に向かった。円形のジャグジー風呂で、洗い場も広い。

備え付けのバスソルトを入れると、柑橘系の香りが広がった。

かけ湯をして、そっとふたりで入ると、お湯が溢《あふ》れる。

「腰の辺とか、やっぱり細くなってるよ」

「そう？　でも、この前はそんなこと言ってなかったやないの」

「あれはいつだっけ――二週間前か――そうか、まだそれぐらいしか経ってないのか」

「あの時は、生理前で、ちょっとむくんでいたかも――」

麻友がいなくなり、体調不良の頃は生理が何か月も来ないこともあったが、ここ一年ほどは元に戻っている。

その度に、自分の身体はまだ子供が産めるのだと思い知らされる。

もう、作る気はないのに。

生まれてきた子供を愛すれば愛するほど悲しみも大きい――それを考えると、二度と自分は結婚も子供を産むこともしたくない。

だから、友彦と別れたのだ。

嫌いになったわけでもないし、今でもこうして一緒にいて一番落ち着く相手ではあるけれど、他に相手を見つけて幸せになって欲しいと本心から思っていたから、離婚したのだ。

なのに友彦と自分は相変わらずこうして会っている。

何をやっているのだろうという葛藤は常にある。

広い湯船でふたり向かい合う。友彦はお湯を塗るように、志奈子の乳房にふれる。手のひらが先端に触れると、「はぁ」と、声が漏れた。

「もしかして、感じてる？」

友彦が、湯の中で一方の手をくぐらせそっと志奈子の女の部分に中指を少し入れる。

「濡れてる――」

かく。

志奈子はそっと友彦の股間に手をふれた。硬い。手でなぞる、愛おしむように柔

「友彦だって――」

それに呼吸を合わすように、志奈子の中にある友彦の中指もうごきはじめた。

「うぅ……」

「感じてる志奈子の顔、好きだよ」

「や……」

志奈子は顔を反らす。友彦は中指を出し入れしながら、親指で裂け目の先端にある

小さな粒にふれる。

「ぁあっ!!」

志奈子はのけぞり、友彦のペニスから手を離す。

友彦は力の抜けた志奈子の身体をひっくりかえすようにして背をむかせる。

「腰をあげて――」

友彦の声よりも前に、志奈子は膝を立てていた。

友彦の目の前には、今、自分にうしろの部分がさらけ出されているはずだ。

浴室は明るくて、恥ずかしい。

けれど、それでも自分からこの体勢をとってしまう。

「入っちゃうよ――」

言葉と同時に友彦のペニスがにゅるりと既に十分潤っていた志奈子の中に差し込まれた。

「ぁあっ！」

身体が震え、声が浴室に響き渡る。

友彦が腰を動かすと、ちゃぽちゃぽと湯の音が聞こえる。志奈子は目をつぶり、友彦の動きにまかせる。

するっと、友彦のものが抜かれた。

「のぼせちゃうから、続きはあっちで」

そう言われて、志奈子も身体を元に戻す。

ふたりで洗い場で石鹸《せっけん》を身体に塗りたくり、お互いを泡だらけにした。こすれ合う度に、声が漏れる。

シャワーで泡を洗い流し、バスタオルでお互いの身体を拭い、手を繋《つな》いでベッドに行く。

志奈子はベッドに寝そべる友彦のペニスを口に含み、上下する。

もう十分に堅くなってはいたが、口で味わいたかったのだ。石鹸の匂いと味、自分と同じ香りが漂うことが嬉《うれ》しい。

志奈子が口を離すと、友彦が志奈子を抱きかかえるように横たわらせた。

枕元にあるコンドームを友彦が手にした。

別々に暮らすようになってから、志奈子の方から「つけて」と言った。

コンドームをつけるようになったのは、ささやかな、離婚したことのけじめのつもりだった。

子供が出来てしまっても、産む勇気も育てる勇気もないくせに、それでも自分たちはセックスはしたいのだ、お互いに。子供はいらないのに、子供をつくる行為をせずにいられないなんて罪を負うているような気がする。

友彦が志奈子の上になった。顔が正面に向かい合っている。

志奈子は薄目で友彦の顔を眺める。

最初に出会った頃と比べたら、随分とおじさんになったと言うと、嫌がるだろうか。もともと、知り合った頃は、頼りなさそうで、年下かなと思ったほどだったのに――それだけ年月が過ぎたのだ。

友彦がぐっと志奈子の両足を広げた。志奈子は身体の力を抜き、目をつぶる。

「入れるよ――」

友彦のペニスが、挿し込まれてきた。さきほど浴室で挿入された時よりも、力強くいきなり奥まで入り込んでくる。

「ぁあっ……」

志奈子が声を出すと、友彦の唇が覆いかぶさってきた。志奈子の方から舌を差し込み、からませる。

上と下でこうして繋がると心も身体もときほぐされる。

今、自分が心からの安心感を抱けるのは、こうして、セックスをしている時だけだ——。

セックスにより安心感をもたらさせるなんて昔は考えたこともなかった。

セックスは快楽を得るためだけのものだったはずなのに、今は、違う——麻友を失ってからは——。

友彦が腰を懸命に動かし、息が荒くなってきた。

「気持ちいい？　志奈子」

「うん……すごくいい……」

友彦の前にも、つきあった男は数人いた。

合コンにあけくれ、遊んでいてかなり社交的だった時期には、遊びで寝た経験もある。自分はそこそこ、セックスというものが好きで、知っているつもりだったのに、それは大きな勘違いだった。

今、こうして離婚した夫とするセックスが、今までのどんな経験よりも気持ちがいい。比べものになんか、ならない。

そのくせセックスしながらも子供を死なせてしまった罪悪感は常に付きまとう。こんな快楽の声をあげ、感じてしまっていいのだろうか。子供を産みださないのに、子供をつくる行為をして、快感を覚える「母親」を、子供は恨まないのだろうか。

そんな想いを、常に抱えながらセックスしている。きっと目の前の友彦も、自分と同じ痛みを抱えているであろう。そうであって、欲しい。

友彦と自分の間に今あるものは、恋愛感情よりも同志のような感情だ。

子供を死なせてしまった罪悪感と悲しみを抱えて、これからも長い人生を生き続けていかねばならないという、痛みを持つ同志。

だから、友彦の身体は安心する。同じ痛みを持っている、唯一の男だから。

離婚してから、他の男とも寝たことがある。学生時代の友人であった男で、一時期は相談相手でもあった。その男が溢れるような同情心を恋愛感情と履き違えていることは、すぐにわかった。

それでもいい、友彦以外の男に抱かれたら全てを忘れることができるかもと、数度寝た。

けれど、駄目だった。同情に傷つくことも知った。可哀想《かわいそう》だと泣かれた時は、心底うんざりした。所詮、自分の痛みなど人にわかるはずがないのに、わかった気になって泣いている目の前の男を憎みそうになった。

そうすると、快感など芽生えない。淡々とした心通わぬ行為は苦痛にしか過ぎず、また志奈子は友彦の元に戻ってきてしまった。

忘れなさいと、言う人たちもいる。

忘れないと、苦しいままだから、と。

そんなことを言われる度に、他人事《ひとごと》なのだなと、思い知る。

忘れられるわけがないじゃないか。

人が、しかも自分の大事な存在が死んだことを忘れられるわけがない。

死ぬまで、忘れないだろうし、忘れてしまうなんて、ひどいことができるわけがない。

それでも他人は「忘れろ」と言うのだ。

人に甘えたくても、近づけば近づくほど傷つくだけだ。

だから、友彦だけだ、傍にいられるのは。友彦以外の人間とは、会いたくない。

友彦とのセックスは傷を舐め合い、深める行為だけれど、それでも十分に心地いい。

痛みを伴ってはいても、誰と寄り添うよりも心地いい。

いつまでこんなことが続くのか、わからないけれど。

「志奈子——もう——」

目の前の友彦の汗が、志奈子の顔に落ちてくる。

友彦が高ぶり限界に達《たっ》しそうな表情、辛そうにも見える、表情——この顔が、好きだ。昔も、今も。

「う……出そうぅ……ぁあっ!!」

自分の中で友彦のペニスが弾けそうに膨張する感触がある。

ぎゅううと、それに応えるように志奈子も無意識で締め付けていく。

痺《しび》れる。揺れがそこを中心として全身に広がっていく——自分も——。

「あっ！　出るっ!!」

「ぁあっ!!　やぁっ!!」

友彦が声をあげ、志奈子の中でどくんどくんと血管が波打つ感触があった。ゴムの膜をつけたペニスがそのまましぼんでいく。

「——志奈子、好きだよ——」

この時だけ、いつも友彦は好きという言葉を使う。

枕元の時計を見ると、十時半だ。

「そろそろ、帰らな」

「友彦、来て——」

「そうだな」

もっと一緒にいたいなんて、ふたりとも言わない。また会えるからなのか、別々の家に帰ることがいいからなのか。

友彦の腕のぬくもりからするっと志奈子は抜け出て、浴室でシャワーを浴びた。

「歩いて帰ろうかな、この距離やし」

「なら、送るよ」

「ええのに」

「明日は休みだし、散歩もしたいし。ここからだと、青蓮院《しょうれんいん》や知恩院《ちおんいん》の前を通って、円山公園を通ろう。今、桜が綺麗《きれい》だろうな」

桜は嫌い——その言葉が心をよぎったが、友彦と一緒なら大丈夫かもしれないと、志奈子は逆らわない。

ふたりでゆっくりと歩く。手は繋がない。

知恩院の前から円山公園に入ると、ところどころにゴミが散乱して、ビニールシートの上で酔っぱらったのか寝ている男たちも見える。

「みっともないな、失敗だったかな」

友彦がつぶやいた。

美しい夜桜を眺めて歩くことを想像していたのだろうか。

ここには残骸《ざんがい》しかない、人の、祭の残骸しか。

醜い残骸しか。

しかし桜はそんな人間の愚かさを見下ろすように、枝を揺らしている。

「もう桜も終わりだな——」

確かに、ほとんどの花が落ちていた。

桜の季節は短い。けれど、また来年、間違いなく華やかに花をつけるのだ。

足を止めることもなく、ふたりは歩き続ける。

「長楽館《ちょうらくかん》か、久しく行ってないな」

円山公園の中にある豪奢《ごうしゃ》な洋館の前で、友彦が足をとめた。

長楽館——明治時代に煙草《たばこ》王と呼ばれた村井吉兵衛《むらいきちべえ》の迎賓館《げいひんかん》を改築したレストランであるということは志奈子も知っていた。喫茶室もあるので、何度か行ったことがある。

長楽館のウインナー珈琲《コーヒー》は、薔薇《ばら》の形の生クリームが浮かべてある。普段は珈琲はブラックで飲むのだが、その薔薇の形が美しくて、ここに来る度にウインナー珈琲を頼んだ。

どの部屋も豪奢で昔の映画に出てくる洋館のようだった。

友彦とも行ったことがあるはずだ。

「なんでこの名前か知ってる？　誰がつけたかとか」

「知らない」

「この近くに長楽寺ってお寺があるから、そこにちなんで初代の総理大臣の伊藤博文《いとうひろぶみ》がつけたんだって」

「お寺、どこに？」

「山に登るような感じになるけど、そこの道を左手にずっと行って――。眺めがいい」

「友彦は行ったことがあるんや」

「小さい頃、母親に連れられてね――今、思えば何か辛いことがあったんだろうな。たまにすごい形相でどこかに連れていかれる時があって――大抵、行先はお寺なんだ。人気がなく静かな寺――そこでじっと母親は座ってたりして――僕はとにかく退屈だったことを覚えている。ひとりで行けばいいのに、何故か僕をつれていくんだ、いつも」

「今でも、そうなの」

あの憎々しい義母の顔を久々に思い出す。

「いや、多分、そういうことはなくなった――わからないな、知らないだけで、そっとそうして『逃亡』してるのかもしれない」

その話を続けることなく、歩いた。

志奈子の家に着いて、友彦は中に入ることなく、「じゃ、また、おやすみ」と言って、踵《きびす》を返した。

長楽寺に行ってみよう——志奈子は思った。

義母がそこで何を思うていたのか、知りたいわけではないけれど、興味があった。

桜は遊女のようだ。

仕事のない平日の朝に、円山公園の花見客の宴《うたげ》の跡を眺めながら、志奈子はそう思った。

ゴミや、ブルーシートが明らかに景観を汚している。朝まで飲んでいたのか、学生らしき若い男がベンチでみっともなく寝そべっているのも見かける。

馬鹿騒ぎの後は悲しくならないのかと、問いかけたい衝動にかられる。酔いから醒めた朝は現実を目の当たりにせざるを得ないだろうに。

それでも飲まずにはいられないのか、果てには空しさが待ち受けていることを知っていても。

「花見」という名目で憂さ晴らしに集う人間たちを見下ろす桜は、遊女のように見える。

花を咲かせ散らし歌って舞い、人を楽しませ添い寝して、悲しみも喜びも全てわかっているよとばかりに見守る遊女に。

麻友を亡くしたあと、自分も酒に逃げようとしていた時期があった。楽になれて、気が紛れるならばと。もともとそんなに飲めるほうでもないのに無理やり酒を飲んでみたが、醒めた時のぶり返しのような鬱状態に耐え切れなくなりすぐにやめた。

志奈子は桜の宴の跡を眺めながら、長楽寺へと向かった。

ゆるやかな石段をのぼり、小さな茅葺《かやぶき》の門を入り、拝観料を払う。

朝一番のせいもあるのだろうが、見学者は志奈子だけだった。

小さなお堂に入り、座り込み庭を眺め、パンフレットを開く。そこには建礼門院徳《けんれいもんいんとく》子《こ》が出家した寺であることが記されていた。

建礼門院徳子が平清盛《たいらのきよもり》の娘であり、高倉《たかくら》天皇の中宮となり安徳《あんとく》天皇を産んだことぐらいは知っている。壇《だん》ノ浦《うら》で平家滅亡の際に、安徳天皇は徳子の母である二位の尼に抱かれ入水し、徳子は源氏の手により助けられ京都大原の地に隠遁《いんとん》し亡くなった。けれど、建礼門院ゆかりの寺がこんないつも通っている道の近くにあることは知らなかった。

大原には何度か友人や恋人と行ったことがあった。

友彦とも、一度だけ一緒に三千院《さんぜんいん》や宝泉院《ほうせんいん》などを歩いた。建礼門院ゆかりの寂光院《じゃっこういん》は、少し距離があるので行きそこねたままだ。

大原は、観光シーズンを外せば、静寂で、時間が止まっているかのような場所で、悲劇のヒロインである女が暮らすにはふさわしい場所だ。

賑やかな場所では悲しみは癒されない。だから、本当は自分も友彦とも親とも離れてどこかでひとりで生きていくべきなのだろうともたまに思う。けれど、情けない話だが、今は彼らに甘えないと、生活できないから、離れられない。

親も子も夫もなくした徳子が大原に隠遁させられる前に、髪をおろし出家したのが、この長楽寺なのだという。

子供を亡くした母親——自分も、そうだ。

けれど、建礼門院と違うのは、自分には、痛みや悲しみを共有し、一番安心できる男が傍にいて、それに甘えることができることだ。

全て忘れて他の人と幸せになってと、手放したはずの夫が、傍にいる。

忘れようとしたのは私だ。けれど、結局離れられず、誰よりも寄り添っている。

昔のような幸福な夫婦には戻れないし、友彦の母へのわだかまりも消えないままなのに。

怖いのは、ずっとその関係が続くことではなく、友彦がいつか別の女を好きになって、その女が友彦の一番大切な存在になった時に、ひとりになってしまうことなのだ。

甘えれば甘えるほど、身体を合わせれば合わせるほどに、友彦が自分から去っていくのが怖い。

寄り添っていた木をもぎ取られてしまえば、倒れてしまうかもしれない。

麻友の元に行こうとするかもしれない。そうならない自信がない。

子供を失った痛みなど、一生忘れられるものではないし、忘れてしまえば麻友が浮かばれない。一生抱えなければいけない悲しみを共に抱いている男が去ったら、どうやって生きていけばいいのか、わからない。

しかし一緒にいることは悲しみを共有し慰め合えることでもあるけれど、悲しみを目の当たりにし続けることでもあるのだ。それも苦しい。

だから本当は、自分がもっと強くなって、ひとりでも生きていけるようになって、友彦の手を離すことが、最良の道だとは、わかっている。

そのために離婚したのに——。

志奈子は建礼門院が供えたといわれる安徳天皇の遺品を眺めていた。

麻友を亡くし、しばらくはそんな気になれなかったけれど、半年ほどして志奈子が何かのきっかけで号泣した時に、友彦が抱きしめてくれて——そのまま、久々にセックスをしたのだ。

抱かれながらずっと自分は泣いていた。泣き声と喘ぎ声が混ざり合い、自分でも悲しいのか気持ちがいいのかわからなかった。

けれど裸で縋り付き、ひとつになることがこの上ない安心感をもたらしてくれた。そうして友彦とのセックスが復活し——麻友を失う以前よりも、快感を味わい、貪るようになった。

けれど、いつも果てた後、麻友に対する罪悪感が湧き上がる。

ごめんね、ごめんね、と。

あなたを亡くしてしまったのに、こんなふうに快楽に没頭する父母を怒っているかもしれないね、と。

罪悪感が胸を刺しても友彦と寝ることはやめられない、それどころかどんどん身体が馴染んでくる。

他の男じゃ、だめ。この人としか、したくない。

志奈子は縁側に座り、庭を眺める。

義母は友彦が幼い頃から、ここを何度も訪れていたという。

この場所で、何を思っていたのだろうか、姑《しゅうとめ》は。

最初に会った時から、義母のことが嫌いだった。合わない、世界が違うと思った。

それは向こうも同じだっただろう。けれど同居するわけでもないし、友彦のことを好きだから結婚した。

合わないけれど、それなりに自分は努力したのだ。呉服屋の次男坊に嫁いだのだから と着付けを習い、生け花やお茶の教室にも通って、夫に恥をかかせないようにつとめた。

娘が生まれて、溺愛する義母をうっとうしく思っていたけれど、血のつながった孫なのだからと、嫌な顔もせずに望まれるままに託した。

その結果が、あの出来事だ。

義母だって悲しんだだろう。けれど、だからといって許せるものでもないし、ましてや好きになれるものでもない。二度と会いたくないし、会うべきでない。

所詮、他人なのだ。上手くいくわけもない。

自分は義母にとって可愛い息子を奪った女なのだ。そして義母は自分から娘を奪ったのだ。

こうして別れた後も、友彦と志奈子が会っていることを義母はどう思っているのだろうとは気になっていた。友彦に聞くと、「何も言わないよ」とのことだった。

帰りが深夜になることもあるから、男と女の関係があることも予想はつくだろうに。どうせ、間違いなく、よくは思われていないはずだ。早く志奈子と切れて、新しい妻をもらい子供を作ればいいなどと、内心は思っているに違いない。

静かな庭を眺めて、志奈子は思いにふける。

これからどうなるのだろう、自分と友彦とは。

志奈子は立ち上がり、部屋を見渡した。壁沿いに文机《ふづくえ》があり、ファイルが何冊も並んでいるのを見つけた。

なんだろうこれは――手に取って、開く。

「忘れな草」と、書かれてあった。ずいぶん古いものもある。

開くと、観光地などの喫茶店によくある、雑記帳だった。ここを訪れた人たちが、想いを綴るノートだ。

――すごく大好きなお寺、何度も来ています。

――彼とふたりで来ました。またふたりで京都旅行できたらいいな。

――女ばかりの卒業旅行です。京都楽しい！

などと、旅行の思い出の合間に、思いのたけを告白するような書き込みもあった。

――とってもつらいことがありました。毎日悲しくてたまらないけれど、誰にも言えない。だからここに来て、佇《たたず》んでいます。

――○○君と別れて、ひとりぼっちの旅行です。彼のことが忘れられません、もう二度と会えないのに。

志奈子はページをめくる。顔も知らぬ女たちの心情の吐露に目を奪われながら。

結婚前につきあっていた男との営みが忘れられず、一度だけよりを戻してしまい、妊娠してしまった女。

年下の司法試験を受け続ける男と深く愛し合ったのに、その親に辱《はずかし》めをうけ引き裂かれた女。

学生時代からつきあい続けた夫と仲良く暮らしていたのに、夫に他の女と結婚したいと告げられた女。

妻子ある恋人を他の女に奪われたのちに、その男が亡くなり、行き場のない想いを抱いたまま嵯峨野《さがの》でひとり暮らす女。


様々な女の悲しみが「忘れな草」には書き連ねてあった。

この女たちも、普段は平気な顔をして悲しみや傷を覆い隠し、仕事に行き、家族と過ごしているのだろう。

自分だってそうだ、生きていくということはそういうことだ。

生きるためには働かねばならないし、人と会わなければいけない。閉じこもって嘆き悲しんでいるわけにはいかない。

けれど、悲しみは晴れることなく、胸にべったり張りついている。それが本当の悲しみならば。治るような傷なんて、本当の傷ではないのだ。一生、忘れることなんてできない。

女たちは、ひとり、この京都の小さな人知れぬ寺に来て、誰にも言えぬ想いを書き残しているのだろう。この膨大なノートの数だけ、悲しいできごとが存在するのだ。

いや、悲しみを持たない人なんていない。

たとえば自分の両親も胸を痛めているだろう。口には出さないし気遣ってくれてはいるが、あの人たちも孫を失った。娘が悲しんでいる姿を見ていて、平気なわけがない。

志奈子は古いノートを引っ張り出し、ページをめくっていた。

志奈子ひとりが、この空間にいる。

ページをめくる手をとめた。

「毎日がつらい。死にたくなる日もある」

そう、書いてあった。

その下に、佐代里《さより》と、あった。

義母の名前だ。

日付を見ると、二十五年前だ。

義母の筆跡に似ているが、確信はない。佐代里という名前も、珍しくはあるが、他にいないと断言はできないだろう。

志奈子はその前後のページを丁寧に見ていった。

もしこれを、義母が書いたとしたら、何か死にたくなるほどの出来事が、あったのだろうか。

最初の書き込みから、三か月後に、また「佐代里」の文字があった。

「別の人生があったんやないかって、いつも思う。逃げて、どこかに行きたい。でも、どこへも行けない。ここで生きるしかない、これからどんなつらいことや悲しいことがあっても」

「誰も味方はいない。夫ですらも敵ではないかと思う。ううん、唯一の味方がいるとしたら、子供たちや。私の大事な子供たちがいるから、なんとか逃げずに頑張ってる」

「私が弱音を吐けるのは、本音を言えるのは、このノートだけです。自分の心を守るために、死なずに生きていくために、ここに来ます」

「子供たちも、いつか私から離れていくことはわかってる。その時が来るのが怖い。私はどうやって生きていくんだろう。生きていけるのだろうか」

ふと、志奈子は、まさかと思いながら、麻友の事故があった年のノートをパラパラとめくる。

「ごめんなさい、ごめんなさい、ごめんなさい、ごめんなさい、ごめんなさい、ごめんなさい。私が命を捧げてあの子が戻るなら喜んで差し出すのに――ごめんなさい、ごめんなさい、死んでしまいたい。生きてるなかで、一番悲しいことが起こってしまったのは、私のせいや。もう、生きていくのが、つらすぎる――佐代里」

そう、書かれていた。

荒れた字で、ただひたすら謝罪の言葉だけが綴られていた。その後から今に至るまでのノートも見たが、それ以来「佐代里」の文字は、見当たらなかった。

ここに来ることをやめたのか、それとも友彦が言っていたように身体の具合が良くなくて、来られなくなってしまったのか。

もし、この義母のことを知らない人が、この箇所だけ読んだら、この女は自ら命を絶ってしまわないかと心配するだろう。

けれど義母は生きていることを志奈子は知っている。

悲しいことに遭遇し、生きていくのがつらい――そう思いながら、なんとか必死に生きているのは、志奈子とて、同じだ。

未来なんて見えないし、毎日がつらいけれど生きるしかないのは、同じだ。

志奈子は鉛筆で、「佐代里」の連ねた謝罪の言葉の隣に、「許せない」と書いてやろうかという衝動にふと駆られたが――やめた。

どうせ、義母がこのノートを読みかえすことは、ないだろう。

志奈子はノートを閉じた。

背後から女の声がした。振り向くと、観光客らしきガイドブックを手にした自分と同じぐらいの年齢の女のふたり組が、何やら楽しそうに話している。

志奈子は立ち上がり、女たちとすれ違うように、玄関で靴を履いた。

あのノートに、自分も何か書くべきだったのだろうか、「忘れな草」に。

「忘れな草」の花言葉は「私を忘れないで」だと、聞いたことがある。そのことを思い出した時に、浮かんだのは麻友の顔だった。失われた、私の、子供。

あのノートに女たちがつらい出来事を書き残すのは、悲しみを捨てに来ているのだろうか。

けれど女たちに捨てられた記憶は、「私を忘れないで」と叫んでいるような気がした。悲しいことでも辛いことでも——傷は治ることなど、ない。

麻友のことを考えるのは悲しいけれど、忘れてしまえばあの娘が本当にいなくなってしまうから、忘れては、いけない。

たとえ義母が悲しい記憶をここに捨てに来ていようが、私は忘れない。

義母のことは昔から強い人だと思っていた。老舗の呉服屋に嫁ぎ、お店を切り盛りして、子供も育てあげた。この不景気で着物が売れない時代に、お店が維持されているのは、義母が培った人脈や自らの売り込み営業故でもあることは、数年間、傍から見ていてわかっている。夫の父は今でこそ年を取り好々爺《こうこうや》になったが、若い頃は遊びがひどくて義母は随分泣かされたとも聞いている。

あの家にいた頃は義母を自分と違う種類の強い人だと離れて眺めていた。たまたま呉服屋の息子と結婚しただけの平凡な女である自分のことを理解してくれも認めてくれるはずもないのだと、思っていた。

強い人間は、そうじゃない人間のことがわからないから、始末に負えないのだと、自分も義母に対して壁をつくっていた。

あんなふうに一瞬だけでも逃げて悲しみを捨てながら日々を重ね生きていたのだということを、今日、初めて知ったのだ。

死んでしまいたいと思うほど――麻友の死を悲しみ自分自身を責めていることも。私と同じなのだ、あの人も。

お堂を出て、庭を歩くと境内の桜は散りかけていた。はらはらと花が落ちて足元に降り積もってゆく。

長楽寺を出て石の階段をゆっくりと踏みしめて降りる。目の前のなだらかな坂道に導かれるように、志奈子は歩く。

次にここに来る時は、友彦も誘ってみよう。久しぶりに長楽館で時間を過ごすのもいい。行きそびれたままになっている大原の寂光院にもふたりで行きたい。

友彦に会いたい、抱かれたい――今の自分の持つ唯一の確かな欲望が、かつて夫だった男の存在を求めることだった。

友彦と寝ることにはずっと罪悪感を持っているし、迷いもあった。

けれど私たちはきっと、忘れられない悲しみを、自分自身に馴染ませるために抱き合わずにはいられないのだ。肌のぬくもりを味わい、身体をつながらせることで、明日を迎えることができる。

悲しみは癒やされることなどなく、傷の痛みに慣れることも今は考えられないけれど、自分の人生に馴染ませることができたなら――生きていけるかもしれない。

志奈子は別れてもつながりつづけている愛おしい男の顔を思い浮かべながら、春の匂いを大きく吸い込んだ。

〈了〉

大原(寂光院・三千院)
延暦寺
上賀茂神社
やせひえいざんぐち
たからがいけ
宝ヶ池
地下鉄烏丸線
叡山電鉄
賀茂川
高野川
367
下鴨神社
でまちやなぎ
銀閣寺
滋賀県
京都府
京都御所
鴨川
平安神宮
二条城
八坂神社
知恩院
東山
にじょう
さんじょう
円山公園
おおみや
からすま
長楽寺
かわらまち
祇園
高台寺
大津へ
祇園女御塚
清水寺
1
本願寺
六波羅蜜寺
やましな
清閑寺
京都東
きょうと
東寺
米原へ
名神高速道路
近鉄京都線
地下鉄東西線
1
24
京阪本線
宇治へ
六地蔵へ

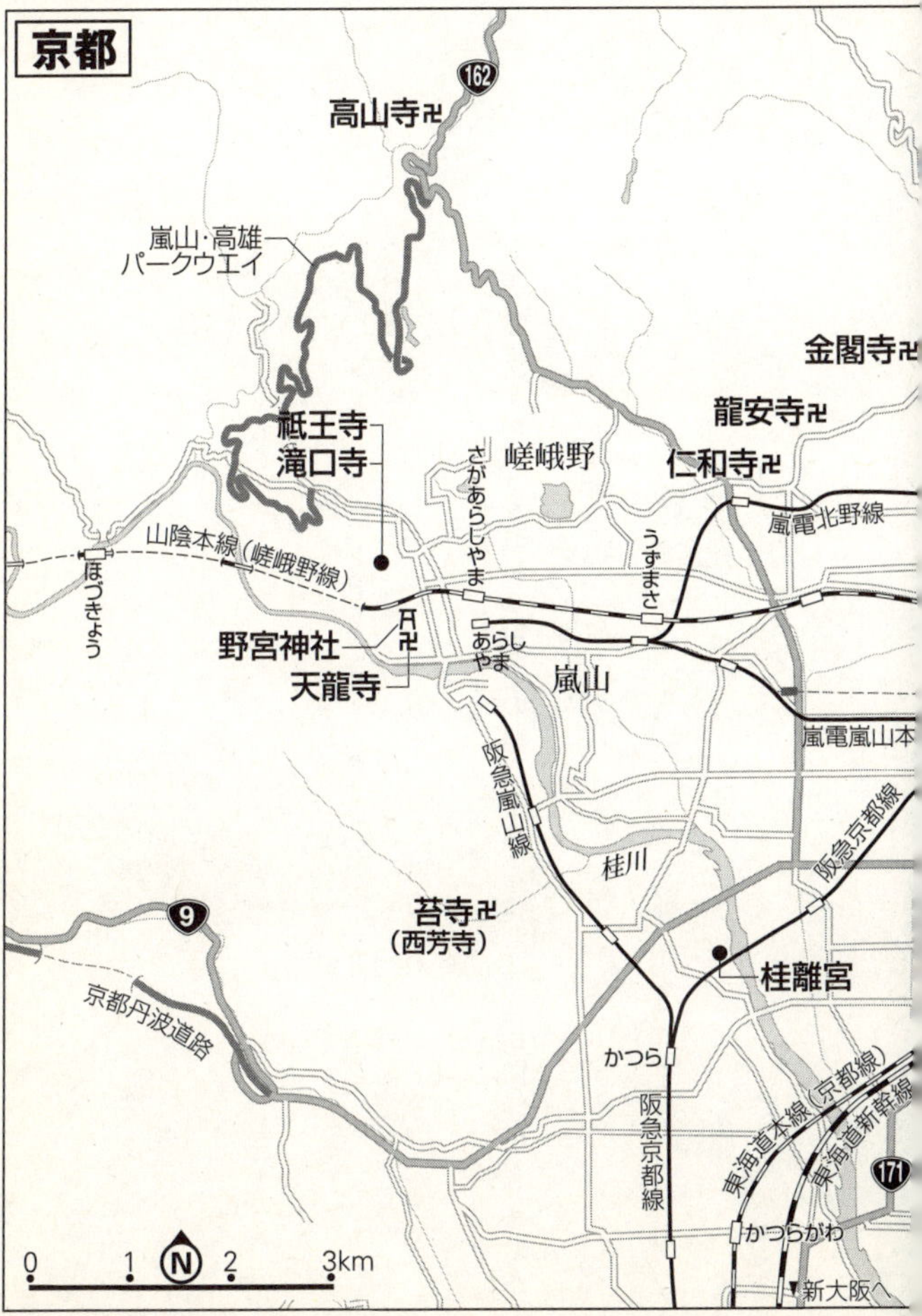
京都
162
高山寺
嵐山・高雄
パークウエイ
金閣寺
龍安寺
祇王寺
滝口寺
さがあらしやま
嵯峨野
仁和寺
嵐電北野線
山陰本線（嵯峨野線）
うずまさ
ほづきょう
野宮神社
天龍寺
あらしやま
嵐山
嵐電嵐山本
阪急嵐山線
阪急京都線
桂川
苔寺
（西芳寺）
9
桂離宮
京都丹波道路
かつら
阪急京都線
東海道本線（京都線）
東海道新幹線
171
かつらがわ
新大阪へ
0
1
N
2
3km

地図作成　オゾングラフィックス

【初出】
第四話「萌えいづる」月刊ジェイ・ノベル　二〇一一年一二月号
この他は書き下ろしです。

実業之日本社文庫 は22

萌《も》えいづる

2013年8月15日　初版第一刷発行

著　者　花房観音《はなぶさかんのん》

発行者　村山秀夫
発行所　株式会社実業之日本社
〒104-8233　東京都中央区京橋 3-7-5 京橋スクエア
電話［編集］03(3562)2051［販売］03(3535)4441
ホームページ http://www.j-n.co.jp/
印刷所　大日本印刷株式会社
製本所　株式会社ブックアート

フォーマットデザイン　鈴木正道（Suzuki Design）

ISBN978-4-408-55139-5（文芸）